Juan Marsé

Der zweisprachige Liebhaber

(El amante bilingüe)

Premio Ateneo de Sevilla, 1990

Aus dem Spanischen
von Hans-Joachim Hartstein

Elster Verlag
Moos & Baden-Baden

Die Übersetzung wurde ermöglicht
durch die freundliche Unterstützung der
Dirección del Libro y Bibliotecas des
Spanischen Kultusministeriums, Madrid.

Lektorat: Anima Kröger
Satz: Fotosatz Reinhard Amann, Aichstetten
Reproduktion: Die Repro, Tamm
Druck: Pustet, Regensburg
Einbandgestaltung: Christoph Brudi
ISBN 3-89151-163-9

Für Berta.
Und für meine anderen Eltern
und meine andere Schwester
auf der anderen Seite des Spiegels.

ERSTER TEIL

Das Wesentliche am Karneval ist es nicht,
sich eine Maske aufzusetzen, sondern sein
Gesicht loszuwerden.

Antonio Machado

1

Erstes Heft

Der Tag, an dem Norma mich verließ

Als ich an einem regnerischen Nachmittag im November 1975 unerwartet nach Hause kam, lag meine Frau mit einem anderen Mann im Bett. Ich erinnere mich, daß ich beim Öffnen der Schlafzimmertür als erstes mich selbst sah, wie ich die Schlafzimmertür öffnete; noch heute, zehn Jahre nach dem Vorfall, da ich nur mehr ein Schatten meiner selbst bin, wirft mir der Schrankspiegel jedesmal, wenn ich ahnungslos das Schlafzimmer betrete, getreulich jenes zitternde Bild des Jammers entgegen, jenes alte Gespenst, das meinen Ruin herbeiführte: ein vom Regen durchnäßter Mann an der Schwelle seiner unmittelbar bevorstehenden Vernichtung, gequält von Eifersucht und von der Gewißheit, alles, sogar seine Selbstachtung, verloren zu haben.

Um die Erinnerung an dieses Unheil zu bewahren, um in einer Wunde, die immer noch nicht vernarbt ist, zu bohren, werde ich in diesem Heft beschreiben, was an jenem Nachmittag vorgefallen ist.

Ein kleines, behagliches Schlafzimmer. Ein niedriges Bett mit zerwühlten Laken. Mein Bild im Spiegel beim Eintreten habe ich bereits erwähnt. Norma hat sich ins Badezimmer geflüchtet und die Tür von innen verriegelt. Das zweite, was ich sehe, ist die Dose Schuhcreme auf dem grauen Teppichboden und der halbnackte Kerl, der auf der Bettkante sitzt und mein bestes Paar Schuhe fachmännisch abbürstet. Das einzige, was er am Leibe trägt, ist eine abgewetzte schwarze Schuhputzerweste. Seine Beine sind stark behaart und kräftig. Tiefe Falten durchfurchen sein Gesicht.

„Was, zum Teufel, machen Sie mit meinen Schuhen?“ frage ich dümmlich.

Der Mann weiß nicht, was er tun oder sagen soll. Er murmelt mit andalusischem Akzent:

„Na, sehn Se doch ..“

Ehrlich gesagt, weiß ich ebensowenig, wie ich der Situation begegnen soll.

„Hören Sie, das ist ungeheuerlich. Eine Sauerei!“

„Ja, das isses ..“

„Das ist absurd, idiotisch.“

Ich bin am Fußende des Bettes stehengeblieben und betrachte, während sich um mich herum eine Wasserlache bildet, den Unbekannten, der fortfährt, meine Schuhe abzubürsten. Dann sage ich zu ihm:

„Und was jetzt?“

„Hab mich gelangweilt und mir gesacht: Wolln wir uns ma ’n bißchen die Zeit mit Schuhputzen vertreiben ...“

„Das sehe ich.“

„Bin nämlich Schuhputzer, müssen Se wissen. Immer zu Diensten.“

„Soso."

„Also, ich geh dann."

„Nein, gehen Sie nicht! Von mir aus können Sie bleiben."

„Nehmen Se's ma nich so tragisch", rät er mir mitfühlend. „Sie sind doch wohl der Señora Norma ihr Mann, nehm ich an ..."

Er fährt mit mechanischen Bewegungen fort, den Schuh blank zu putzen, nur um irgend etwas zu tun, doch legt er eine übertriebene Sorgfalt in seine absurde Tätigkeit.

„Ich bin ganz ruhig", sage ich zu mir selbst. „Ich bin okay."

„Freut mich."

„Können Sie nicht aufhören, den Schuh da zu putzen?"

„Glänzen müssense, die Schuhe, da bin ich eigen, verstehen Se? Aber besser, ich geh jetz, wenn Se erlauben."

Plötzlich erschreckt mich der Gedanke, mit Norma allein zu bleiben.

Ich weiß, daß ich sie verlieren werde.

„Warten Sie noch", sage ich zu ihm. „Es regnet stark ..."

Etwas verlegen zieht er sich schon seine Unterhose an. Ich sehe flüchtig sein Geschlecht zwischen den Beinen baumeln. Es ist dunkelbraun, beachtlich. Eilig streift er seine Hose über und hebt dann die Socken vom Boden auf. Aus seinem etwas brutalen Gesicht ist der Schreck noch nicht gewichen, er scheint sich unbehaglich zu fühlen in seiner Rolle als Gelegenheitsliebhaber der Dame des Hauses, der vom Ehemann *in flagranti* erwischt wird. Es erstaunt mich nicht, daß er ein gewöhnlicher Schuhputzer ist, wahrscheinlich Analphabet, der aussieht wie ein Ziegenhirt und den Norma in irgendeiner Kneipe an den Ramblas aufgegabelt hat. Als ich zu ahnen begann, daß Norma mich betrog, dachte ich an Eudald Ribas oder an einen anderen arroganten Schönling aus ihrem erlesenen Freundeskreis, doch bald entdeckte ich, daß sie eine Schwäche für Murcianer mit dunkler Haut und kräftigem Gebiß besaß. *Charnegos* aller Art. Taxifahrer, Kellner, Flamencosänger und Flamencogitarristen mit langen Fingernägeln und Katzenaugen. Murcianer, die unter den Achseln riechen, nach Schweiß, nach schmutzigen Socken und nach billigem Wein. Hübsch, das schon. Obwohl dieser hier nicht so jung und nicht so unwiderstehlich scheint. Ein Kerl von etwa vierzig Jahren, mit dunklem Teint, gebogener Nase, krausem Haar und langen Koteletten. Ein waschechter *charnego*, der mir nicht in die Augen zu sehen wagt.

Und ich weiß immer noch nicht, was ich machen soll.

„Kaum zu fassen, Mann“, brumme ich nachdenklich auf katalanisch und blicke zu Boden. „Und was nun?“

„Nehmen Se’s ma nich so tragisch“, wiederholt der Mann. „So’n Mist aber auch …“

Ich fühle, daß ich gleich explodieren werde. Ich

öffne den Kleiderschrank und hole meine anderen Schuhe raus, mehr als ein halbes Dutzend Paar, und auch die von Norma, und in einem unkontrollierten Wutanfall schleudere ich sie nacheinander aufs Bett.

„Hier, da haben Sie noch mehr Schuhe. Sie sind doch Schuhputzer, oder? Haben Sie das nicht gesagt, daß Sie Schuhputzer sind?! Los, bürsten Sie sie gut!" schreie ich, damit Norma mich hören kann. „Immer kräftig mit der Bürste!"

„Ja, Zeñor", lispelt er.

Er beeilt sich, die Schuhe auf dem Bett paarweise zu sortieren, nimmt einen in die Hand und fängt an, ihn mit der Bürste zu bearbeiten.

„Genau! Bürsten Sie, bürsten Sie ..."

Ich starre auf die Badezimmertür in der Hoffnung, Norma werde herauskommen. Aber sie kommt nicht heraus. Ich sehe ihre Brille mit den dicken Gläsern auf dem Nachttisch liegen. Sie kleidet sich jetzt blind an, denke ich, ohne sich im Spiegel sehen zu können. Ich dagegen sehe sie, ich höre sie, rieche sie. Unsere Wohnung in Walden 7 ist klein und hat dünne Wände, ich kann hören, wie Norma sich im Badezimmer anzieht, jetzt streift sie sich die Strümpfe über, das Knistern der Seide an ihren Beinen dringt an mein Ohr, ich höre, wie das Strumpfband auf ihrer Haut schnalzt.

Ich fühle mich erschöpft. Ich ziehe den nassen Regenmantel aus und setze mich auf die andere Bettkante. Der Regen trommelt immer noch gegen die Fensterscheiben. Ein Hundewetter.

„War es das erste Mal?“ frage ich, und der ruhige Ton meiner Stimme überrascht mich. „Antworten Sie! Das erste Mal?“

„Ja, Señor.“

„Lügen Sie mich nicht an!“

„Ich schwör's bei allem, was mir heilich iss.“

„Aber Sie kennen die Señora schon länger?“

„Ach was, iss noch keine zwei Monate her, daß ich ihr die Schuhe zum ersten Mal geputzt hab, rein zufällich ... Also, ich geh dann.“

„Immer mit der Ruhe.“

Der Schuhputzer senkt den Kopf auf die Brust und seufzt aus tiefster Seele:

„Achgottachgott!“

„Wo arbeiten Sie?“

„Auf den Ramblas.“

„Wie haben Sie sich kennengelernt?“

„In der Bar vom Hotel Manila. Ich bin nachmittachs immer da ... Sein Se nich zu hart mit der Señora, und lassen Se mich gehn ...“

„Sie bleiben hier. Wer weggeht, bin ich.“

Doch weder er noch ich, sondern Norma wird verschwinden, und zwar für immer.

Bekleidet mit einem engen grauen Rock und einem blauen Rollkragenpullover, kommt sie, ruhig und unnahbar, aus dem Badezimmer, fährt sich mit der Hand durchs Haar, nimmt, ohne einen von uns eines Blickes zu würdigen, ihre Brille mit den dicken Gläsern vom Nachttisch und setzt sie auf, dann holt sie ihre Lederjacke und einen kleinen Schirm aus dem

Schrank, öffnet die Schlafzimmertür, geht hinaus und schlägt die Tür hinter sich zu. Noch heute hallt die zuschlagende Tür in meinen Ohren wider. Bis heute habe ich immer noch nicht darauf reagiert.

Ich sehe die Sammlung meiner Schuhe in einer Reihe auf dem Bett liegen. Norma kaufte mit Begeisterung Schuhe für mich, die allerbesten Schuhe. Sie glänzen makellos und grinsen mich, banal aufgereiht, an. Der Schuhputzer hält einen von ihnen in der Hand und bürstet ihn behutsam ab.

„Elegante Schuh haben Se ..."

„Sie werden sich fragen", sage ich, ohne auf seine Bemerkung einzugehen, ohne die Augen von der Tür, durch die Norma hinausgegangen ist, abzuwenden, „wie eine Frau ihrer Klasse eine Null wie mich heiraten konnte ..."

„Ne, Señor, ich frach mich ga nix."

„Ich selbst frage mich das manchmal auch."

„Ach, wissen Se, jeder hat so seine Sorgen ... Wird jetz aber wirklich Zeit, daß ich geh."

„Moment. Ich möchte Ihnen etwas erzählen. Über mich und die Dame, die soeben hinausgegangen ist. Norma Valentí. Wir haben uns vor vier Jahren kennengelernt. Ich war siebenunddreißig und sie dreiundzwanzig. Ein Wunder hat uns zusammengeführt ..."

Ich bin im oberen Teil der Calle Verdi großgeworden, erzähle ich ihm, während der harten Nachkriegsjahre, zusammen mit den Straßenjungen, die nicht zur Schule gingen und sich im Parque Güell und im Guinardó herumtrieben. Norma war die einzige Tochter des inzwischen verstorbenen Víctor Valentí, eines Fabrikanten von Ledergürteln und anderen Lederartikeln, der in den achtziger Jahren ein Vermögen machte, weil er Exklusivverträge mit der Armee abgeschlossen hatte. Das Mädchen wuchs wohlbehütet in einer prächtigen, von einem riesigen Park umgebenen Villa des Guinardó auf. Ihre Eltern und zwei unverheiratete Tanten verhätschelten sie. Als sie fünfzehn war, kamen ihre Eltern bei einem tragischen Autounfall auf dem Montserrat ums Leben. Sie hatten an einem Abhang angehalten, um die Landschaft zu bewundern. Sie blieben im Wagen sitzen. Während sie den Cavall Bernat betrachteten, löste sich die Handbremse, und der Wagen rollte langsam, ohne daß sie es bemerkten, rückwärts und stürzte den heiligen Berg hinunter …

„Das Geschäft wurde von Onkel Luis übernommen, dem Bruder von Don Víctor, und Normas Erbschaft bestand in einer monatlichen Rente, die höher war als der beste Verdienst, den ich mir in meinem ganzen Leben jemals erträumt hätte. Und ich habe viel geträumt, das können Sie mir glauben …“

„Träumen iss ja prima, aber man muß mit beiden Beinen auf'm Boden bleiben“, belehrt mich der Schuhputzer weise.

„Wollen Sie wissen, durch welch glücklichen Umstand oder merkwürdigen Zufall ein reiches Mädchen und ein armer Schlucker wie ich, Sohn einer ehemaligen Opernsängerin und Alkoholikerin und eines armen Varietékünstlers, des Zauberers Fu-Ching, wie diese beiden sich kennengelernt und ineinander verliebt haben? Ich werd's Ihnen erzählen ..."

Wir lernten uns in der Zentrale der „Freunde der UNESCO" in der Calle Fontanella kennen, erzähle ich ihm, während eines Hungerstreiks gegen das Regime, der von einer Gruppe linker Anwälte und Intellektueller organisiert worden war. Ich stieß zu ihnen wie jemand, der vom Himmel fällt ... Es war im Dezember neunzehnhundertsiebzig. Damals interessierte ich mich sehr für Fotografie und ging häufig in Ausstellungen und auf Messen. Eines Abends, ich kam gerade aus dem Kino, betrat ich das Lokal der „Freunde der UNESCO", um mir die Fotos einer Ausstellung anzusehen. Die Öffnungszeit näherte sich dem Ende, und im Saal hielten sich ungefähr zwanzig Leute auf, die lebhaft miteinander redeten, ohne den Fotos die geringste Aufmerksamkeit zu schenken. Bald wurde mir klar, daß sie aus einem anderen Grund dort waren. Niemand verließ das Lokal, und so bemerkte ich nicht, daß man die Tür bereits abgeschlossen und uns alle eingesperrt hatte: Das war der Beginn eines Hungerstreiks aus Protest gegen die Prozesse in Burgos, in denen neun Todesurteile gefällt worden waren; alle, die sich in der Zentrale aufhielten, wußten das, nur ich nicht. Außer Rechtsanwälten befanden sich Studenten, Ärzte und der eine oder andere Schriftsteller und Journalist in der Gruppe, deren Wortführerin eine engagierte Anwältin mit grünen Augen war. Meine Anwesenheit erweckte kein Mißtrauen; da sich nicht alle untereinander kannten, dachten sie, ich gehörte ebenfalls zu ihnen, und daher beachteten sie mich nicht weiter. Alle hatten die Anweisung, sich zur selben Zeit dort einzufinden und sich zu weigern, die Zentrale zu verlassen, wenn sie geschlossen würde. Aufgrund einiger Bemerkungen durchschaute ich die Situation, vor allem, als ich mit einer jungen Studentin sprach, die mich fragte, durch wen ich hierhergekommen sei. Es war Norma. Ich nannte den Namen einer katalanischen Theatergruppe, die damals durch ihre antifranquistische Haltung bekannt war. Norma faszinierte mich, und ihretwegen beschloß ich, mich dem Streik anzuschließen. Es wurden vier unvergeßliche Tage. Wir aßen nichts, tranken nur Wasser mit etwas Zukker und rauchten viel. Ich erinnere mich, daß Norma ihre Zigaretten mit Streichhölzern aus dem BOCACCIO anzündete, dem legendären Lokal in der Calle Mutaner, das als geheimer Treffpunkt der Linken galt ... Wir besorgten uns Decken und schliefen angekleidet auf dem Fußboden. Norma und ich waren während der ganzen Zeit unzertrennlich. Wir erhielten Solidaritätsschreiben von verbotenen Arbeiterkomitees, und das Schwedische Fernsehen besuchte uns. Von der ersten Nacht an schlief Norma neben mir. In den frühen Morgenstunden des vierten und letzten Tages, als die Polizei die Tür gewaltsam aufbrach, um das Lokal zu räumen, befand sich meine Hand zwischen Normas Schenkeln unter der Decke. Nie werde ich die warme Seide vergessen, die meine

Hand gefangenhielt, ebensowenig wie die Mischung aus Lust und Angst in Normas Augen, als die Tür nachgab und die Polizei Francos in den Saal eindrang … Sie brachten uns alle aufs Präsidium, und Norma und ich hielten uns an der Hand.

„Das iss aber 'ne schöne Geschichte, Señor …"

„Sie studierte katalanische Philologie und war ein romantisches, aber modernes Mädchen", redete ich weiter auf den benommenen Schuhputzer ein. „Fragen Sie mich nicht, wie sie sich in mich verlieben konnte, wie das Wunder geschah. Sie werden denken, so wie es Normas Tanten und Bekannten damals dachten, daß ich sie wegen des Geldes geheiratet habe. Aber ich selbst bezweifle das, wenn ich bedenke, wie ich mich danach verhalten habe … Die Geschichte von Juan Marés ist traurig, mein Freund. Es ist die Geschichte eines Mannes, der mit siebenunddreißig Jahren unverhofft eine gute Partie machte und sich dann nicht richtig zu verhalten wußte. Ich war ein Mitgiftjäger ohne Überzeugung …"

„Im Grunde sind Se 'n prima Kerl."

„Wir wohnten ein paar Monate zusammen mit den beiden alten Tanten in der Villa Valentí, dem Märchenschloß im Guinardó. Ich habe die in der Abenddämmerung goldglänzenden Kuppeln und den lauschigen Fischteich mit seinem grünen Wasser nicht vergessen. Und dann kaufte Norma, wie es unter vielen linken Paaren Mode war, eine Wohnung in Walden 7, dem umstrittenen Gebäude des Architekten Bofill in Sant Just, eben diese Wohnung hier, in der wir uns jetzt befinden, auf einem Bett mit lauter Schuhen ..."

„Los, komm Se schon zum Ende!"

Der Mann legt den Schuh aus der Hand, steht auf, verstaut die Bürste und die Schuhcremes in seiner Holzkiste und sieht mich an, die Schuhputzkiste in der Hand, und wartet darauf, daß ich zu Ende erzähle.

„Ich war ohne Arbeit", fahre ich unbarmherzig fort. „Da ich nicht meinen Lebensunterhalt verdienen mußte und mir daher die Motivation fehlte, gab ich schließlich meine Bemühungen um Arbeit auf. Bevor ich Norma kennenlernte, war ich in einem alten Handschuh- und Hutgeschäft im gotischen Viertel angestellt gewesen und hatte hin und wieder in einem Laientheater im Viertel Gràcia gespielt. Zu der Zeit war meine Mutter bereits tot, ich hatte keine Familienangehörigen mehr (mein Vater, der Zauberkünstler, ist von zu Hause fortgegangen, als ich zwölf war), und ich hatte mit einer unbekannten Schauspielerin in ihrer kleinen, dunklen Wohnung in der Calle Tres Señoras zusammengelebt. Mit Norma, in dieser Wohnung hier, war alles anders. Norma und ich führten eine romantische, leidenschaftliche und unglückliche Ehe: eine Verbindung, die nicht halten konnte, weil keiner von uns beiden wußte, wie zum Teufel wir es anstellen sollten, um ihr Dauer zu verleihen, außer im Bett ..."

„Nu weinen Se ma nich, um Gottes willen!"

„Norma verwechselte bald ökonomische mit emotionaler Unabhängigkeit, und so begann eine Reihe von Tiefschlägen, die sie so etwa vor einem Jahr in ein paar schäbige Abenteuer trieb, das erste mit einem Kellner und das zweite mit einem Taxifahrer."

„Kann doch jedem ma passiern, wissen Se?"

„Und jetzt mit einem Schuhputzer, den sie irgendwo in einer Bar aufgelesen hat ... Um Himmels willen! Um Himmels willen!"

„Lassen Se sich ma nich täuschen. Ihre Frau liebt Sie."

„Ich komme zum Schluß. In den vier Jahren meiner Ehe bin ich früh zu Bett gegangen und habe wieder angefangen zu träumen. Schon als kleiner Junge habe ich davon geträumt, weit weg zu gehen, weg aus dem Viertel, weg von zu Hause, von dem Geräusch der Singer-Nähmaschine, die meine Mutter mit den Füßen bediente, weg von ihren ewig gleichen Zarzuelas, von ihren Saufgelagen und ihren verlotterten Theaterfreunden. Dank Norma hatte ich es geschafft. Und jetzt weiß ich, daß ich alles verloren habe."

„Hörn Se, ich muß jetz gehn. Hat aufgehört zu regnen ..."

„Bleiben Sie noch einen Moment."

„Wär nich gut, Señor, wär überhaupt nich gut. Hier, Ihre Schuhe sind alle sauber."

Gebannt starre ich auf die blankgeputzten Schuhe, die in einer Reihe auf dem Bett stehen. Sie sehen aus, als würden sie lächeln. Ich sollte ihm seine Arbeit bezahlen, schießt es mir durch den Kopf. Er steht schon an der Tür.

„Ich glaube, ich sollte Ihnen Ihre Arbeit bezahlen ..."

„Sein Se nich blöd, Mann."

„Was kann ich denn sonst tun, außer mir eine Kugel in den Kopf zu schießen?"

„Reden Se kein Quatsch. Los, Mann, und lassen Se sich bloß nich vom lieben Gott erwischen! Das Beste, was Se machen könn, iss Ihre Frau suchen."

Aber ich würde mich stundenlang nicht von hier fortbewegen und Norma würde nie mehr in die Wohnung nach Walden 7 zurückkehren. Sie zog zu ihren Tanten in die Villa Valentí und schickte am nächsten Tag eine Hausangestellte vorbei, die ihre Wäsche und sonstigen Dinge abholen sollte. Mir gelang es, ein paarmal am Telefon mit ihr zu sprechen, ich konnte sie aber nicht dazu überreden, wieder zu mir zurückzukehren. Sie sagte, ich könne in Walden 7 bleiben, solange ich wolle – die Wohnung ist heute noch auf ihren Namen eingetragen –, sie habe nicht die Absicht, mich auf die Straße zu setzen. Danach wollte sie nichts mehr mit mir zu tun haben.

Der geduldige und liebenswürdige Schuhputzer geht hinaus, und ich höre, wie die Wohnungstür zum zweiten Mal geschlossen wird, diesmal behutsam. Gleichzeitig öffnet sich eine andere Tür vor mir: diejenige, die das Elend und das Scheitern meines Lebens hereinlassen soll, meinen schwindelerregenden Sturz in die Einsamkeit und die Verzweiflung.

2

Vor vielen Jahren, als er ein einsamer Junge war und sich mit seiner schwarzen Maske an die sonnigen Straßenecken seines Viertels setzte, um alte Comics und Westernheftchen zu verkaufen, träumte Marés davon, wenn er groß sein würde, ein wundervolles Buch zu schreiben, das so beginnen würde: Vor vielen Jahren, als ich ein einsamer Junge war und mich mit meiner schwarzen Maske an die sonnigen Straßenecken meines Viertels setzte, um alte Comics und Westernheftchen zu verkaufen, träumte ich davon, eines Tages ein wundervolles Buch zu schreiben, das so beginnen würde ...

Heute saß er zerlumpt an einer schmutzigen, zugigen Ecke im Viertel Raval, weit weg von seinem Viertel, und spielte Akkordeon. Auf dem Boden zwischen seinen Füßen lag eine ausgebreitete Zeitung, auf die einige Passanten ein paar Geldstücke geworfen hatten. Marés war ein Mann von zweiundfünfzig Jahren, wirkte jedoch jünger dank des Feuers, das ihn drei Jahre zuvor gekitzelt hatte. Eine Gruppe fanatischer katalanischer Nationalisten, die auf den Ramblas demonstrierten, während er an der Ecke zur Calle Sant Pau saß, hatte einen Molotowcocktail Marke Tío Pepe so unglücklich geworfen, daß er direkt vor ihm auf dem Bürgersteig explodiert war und seine Haut auf Gesicht und Händen in Seide verwandelt hatte. Das Feuer hatte seinen Wangen für immer ein spöttisches Lächeln eingebrannt, ein verträumtes, ironisches Grinsen. Seitdem hatte er keine Augenbrauen mehr, und er malte mit einem schwarzen Stift dicke Striche an ihre Stelle; aber als der Frühling kam, wuchsen ihm an der Nasenwurzel lange, schwarze Haare. An melancholischen Tagen wehmütiger Erinnerungen klebte er sich, um seinem falten- und alterslosen Gesicht Leben zu verleihen, einen vornehmen blonden Schnäuzer über seiner strengen Oberlippe an. Marés hatte hohe, feine Wangenknochen, spärliches Haar und honigfarbene kleine Raubvogelaugen. Auf seinem alten Akkordeon spielte er schwungvolle *Pasodobles*, und auf seiner Brust hing ein Schild:

BETTELNDER CHARNEGO OHNE ARBEIT
BIETET IN KATALONIEN EIN
TRAURIGES DRITTE-WELT-SCHAUSPIEL
BITTE UM UNTERSTÜTZUNG.

Nach eineinhalb Stunden hatte er erst vierhundert Pesetas bekommen. Er wechselte auf den Mittelstreifen der Ramblas, setzte sich neben den Eingang der Metrostation Liceo auf den Boden, breitete die Zeitung aus, drehte das Schild auf seiner Brust um und begann sehr gefühlvoll den *Cant dels ocells* zu spielen. Auf dem Schild war jetzt zu lesen:

UNEHELICHER SOHN VON PABLO CASALS SUCHT 'NE CHANCE.

Die berühmte Casals'sche Melodie deprimierte ihn. Einige Passanten blieben vor ihm stehen und lasen mißtrauisch, was auf dem Schild stand. Einer trat näher an ihn heran, rundlich und tadellos gekleidet, mit blank geputzten Schuhen, die bei jedem Schritt knarrten, die rechte Hand in der Hosentasche. Doch er suchte nicht nach Kleingeld.

„*Escolti, perdoni*", sagte er mit einem Kaninchenlächeln. „*Aquest rètol està mal escrit.*"

„Was sagen Sie, werter Herr?"

„Oh!" rief der Passant mit den glänzenden Schuhen. „Das ist wirklich gut: Ein Sohn von Pau Casals, der kein Katalanisch spricht?! Allerhand!"

„Sehen Sie, ich bin in Algeciras aufgewachsen, bei meiner Mutter, die als Dienstmädchen im Hause des Meisters und Patrioten gearbeitet hat …"

„Allerhand!" wiederholte der Mann und entfernte sich mit skeptischer Miene. „Soso."

Von diesem kleinen Zwischenfall abgesehen, kassierte Marés in weniger als zwei Stunden dreitausend Pesetas, fast alles in Hunderter- und Zweihundertermünzen.

3

Gegen Mittag begann er damit, Lieder von Edith Piaf zu spielen, und seine Schwermut ebbte ab, begnügte sich mit den huschenden, schwankenden Schatten, die die Ramblas und seine Erinnerung bevölkerten. Den Kopf auf sein Akkordeon gesenkt, die Augen geschlossen, interpretierte er *C'est Hambourg*, beschwor die Schiffssirenen und den Nebel im Hafen herauf, wo die melancholische Prostituierte, gegen eine Laterne gelehnt, die Matrosen anlockt; und das Bild von dem verkommenen Hafenmilieu erinnerte ihn wieder schmerzhaft an seine ehemalige Frau – Norma Valentí, achtunddreißig, Soziolinguistin, mit einer Brille so dick wie der Boden eines Glases und mit wunderschönen Beinen –, die in diesem Augenblick hinter irgendeinem Schreibtisch des Büros für Linguistische Normierung saß. Er sah sie vor sich, wie sie mit übereinandergeschlagenen Beinen telefonierte, unmoralisch und frei, in einem schwarzen Satinrock und schwarzen Netzstrümpfen. Er spielte die Melodie dreimal hintereinander, wobei er seine Exfrau in Gedanken in die verdorbenen und lasterhaften Abgründe Hamburgs stürzen ließ, und er hörte die sehnsuchtsvollen Sirenen der Schiffe und das Klimpern der fallenden Münzen zwischen seinen Füßen.

Seit zehn Jahren wollte Norma nichts mehr mit

ihm zu tun haben und schon gar nicht mit ihm reden oder ihn sehen. Marés hatte sich in die Bettelei und in die Anonymität geflüchtet, doch war er immer noch wahnsinnig in sie verliebt und hatte eine List ersonnen, die es ihm gestattete, hin und wieder mit ihr zu sprechen, ihre Stimme zu hören, ohne sich zu erkennen zu geben. Er stellte das Akkordeon auf dem Boden ab, nahm ein paar Münzen, stand auf und lief zur nächsten Telefonzelle.

4

„Assesssorament Lingüístic. Digui?"

Es war Normas Stimme. Nicht immer war sie es, die die Anrufe entgegennahm, doch diesmal hatte er Glück. Marés konnte einen Moment lang nicht sprechen, hatte einen Kloß im Hals.

„Bitte!"

„Hallo?"

Er räusperte sich und verstellte seine Stimme durch eine rostige Heiserkeit und einen leicht südlichen Akzent:

„Ich ruf wegen 'ner Auskunft an. Wissen Se, ich hab 'n paar Läden für Kleider und Unterwäsche mit Schildern auf Kastilisch für jede Abteilung, und nu will ich alles auf Katalanisch umstellen, für alle Fälle ... Sie wissen ja, wie die Kerle von *Terra Lliure* sind ..."

„*Posi 's en contacte amb Aserluz i li faran ...*"

„Wie bitte?"

„Rufen Sie *Aserluz* an. Das ist ein Unternehmen, das zehn Prozent Rabatt auf Schilder in katalanischer Sprache gibt. Wir arbeiten mit ihm zusammen."

„Aber für sowas hab ich kein Geld. Mein Geschäft iss bescheiden, Señora, und ich mach mir die Schilder selbst, eigenhändig. Sie müssen mir nur sagen, wie man die Namen von den Kleidungsstücken schreibt ..."

„Na schön, was möchten Sie wissen?"

„Ich hab hier 'ne Liste. Bißchen lang, aber ..."

„Sagen Sie mir die Wörter auf Kastilisch, und ich übersetze sie Ihnen. Aber beeilen Sie sich bitte."

„Gut. Also: Mäntel."

„*Abrics.*"

„Sakkos."

„*Jaquetes.*"

„Gürtel."

„*Corretges* oder *cinyells.*"

„Klingt verdammt komisch!"

„Ach! Was wollen Sie hören?"

„'tschuldigung. Sie sind so nett zu mir. Ich stehl Ihnen viel Zeit mit meinen blöden Fragen ..."

„Weiter."

„Blusen."

„*Bruses.*"

„Unterhemden."

„*Samarretes.*"

„Unterhosen."

„*Calçotets.* Schreiben Sie 's auch richtig?"

„Ja, Señora. Büstenhalten und Mieder."

„*Ajustadors.*"

„Strumpfbänder und ... Strumpfhalter."

„*Lligacames.*"

Nach jedem Wort, das Norma sagte, machte Marés eine kurze Pause, so als würde er es notieren. In Wirklichkeit jedoch trank er die geliebte Stimme wie verzückt in sich hinein.

„Damenslips."

„*Bragues*“, sagte sie sanft.

„Bademantel.“

„*Barnús.*“

„Hörn Se ma, das klingt ja ziemlich komisch.“

„Nun, auf Katalanisch heißt das so, werter Herr.“ Norma seufzte. „Ist das dann alles?“

„Nee, warten Se ...“

Verzweifelt knabberte Marés an den Knöcheln seiner Faust, ihm fielen keine weiteren Kleidungsstücke ein, sein Kopf war wie leergefegt.

„Slips und Büstenhalter.“

„Das hatten wir schon.“

„Ach ja ... Se wissen ja ga nich, wie sehr ich Ihnen danke, daß Se sich soviel Mühe mit'm armen *charnego* gemacht haben ...“

„Keine Ursache, Mann. Also, dann machen Sie 's gut.“

„Besten Dank, Señora.“

„*Adéu, adéu.*“

5

Glücklicherweise ist heute Donnerstag, dachte Marés. Donnerstags, so gegen halb zwei, ging Norma in die Bürogebäude an der Plaza Sant Jaume, und eine halbe Stunde später kam sie wieder heraus, in Begleitung des berühmten Soziolinguisten Jordi Valls Verdú, eines gefährlichen Kulturaktivisten. Valls Verdú war Normas direkter Vorgesetzter und ihr derzeitiger Liebhaber, und er bekleidete einen verantwortungsvollen Posten in der Kommission, die das Projekt zur Linguistischen Normierung des Katalanischen im Auftrag der Landesregierung, der *Generalitat*, durchführte. Marés hatte ihn zehn Jahre zuvor kennengelernt, als er gerade dabei war, Bücher von Bernat Metge aus der riesigen Bibliothek des verstorbenen Víctor Valentí, Normas Vater, zu stehlen.

Seine eigentümliche, kunstvolle Abgerissenheit zur Schau stellend – er trug peinlich saubere und ausgewählte Bettlerkleidung: eine zerschlissene graue Flanellhose, einen ausgefransten Pullover, eine geflickte Anzugjacke, einen löchrigen Schal und ausgelatschte Schuhe ohne Schnürsenkel; ein offensichtlich heruntergekommener, verlauster Straßenmusikant –, kniete Marés auf einer Zeitung an der Ecke der Plaza Sant Jaume und der Calle Ferran, direkt neben dem Schaufenster einer Parfümerie, das mit verschiedenen Artikeln – Eau de Cologne, Zahnpasta und Seife – vollgestopft war. Er verbarg seine Augen hinter einer dunklen Brille und beglückte die Ohren der Vorübergehenden mit einer vorzüglichen Version von *Suspiros de España*, die er durch Akkorde und geschmacklos-kitschige Triller aussschmückte. Zwischen seinen Knien glänzten sechs Fünfziger- und vier Hundertermünzen. Gerade gingen fünf langhaarige Jugendliche mit Violinen- und Gitarrenkästen an ihm vorbei. Hin und wieder verließ ein Dienstwagen inmitten eines großen Pulks von motorisierten Polizisten den Platz.

Gleich würde es zwei Uhr schlagen. Aus dem Gebäude der *Generalitat* kamen mehrere Beamte, um zum Mittagessen zu gehen. Heute finde ich mein Publikum nicht, sagte sich Marés. Soeben verließ eine lebhafte, geschwätzige Beamtin, die aussah wie ein als Putzfrau verkleideter Mann, das Rathaus. Marés wurde ungeduldig. Jeden Augenblick mußte Norma Valentí in Begleitung von Valls Verdú, den sie in seinem Büro abgeholt hatte, auf dem Weg ins nahegelegene Restaurant L 'Agout d'Avignon an ihm vorbeikommen. Er fragte sich, wie lange Normas anstößiges, einsprachiges Abenteuer noch andauern werde, wieviele Donnerstage er noch hierherkommen müsse, um sich an dieser Ecke hinzuknien, nur um das Objekt seiner Begierde vorübergehen zu sehen und gelegentlich ein Geldstück zu bekommen. Wieviele Pesetas hatte Norma ihm wohl insgesamt zugeworfen? Ein lächerlicher Preis für eine Leidenschaft ohne Hoffnung. All diese Münzen bewahrte er, nachdem er sie gezählt hatte, zu Hause in einem runden Aquarium auf.

Plötzlich sah er das Paar aus der *Generalitat* heraus- und auf sich zukommen, um in die Calle Ferran einzubiegen. Und er dachte an ihre Vorlieben – sie hatte immer die Musik des Meisters verehrt –, brach den *Pasodoble* ab und begann den *Cant dels ocells* zu spielen, nachdem er das Pappschild vor seiner Brust herumgedreht hatte, auf dem er sich wieder als unehelicher Sohn von Pablo Casals auf der Suche nach einer Chance ausgab. Als Norma Valentí an ihm vorbeiging, wühlte sie, ohne stehenzubleiben, in ihrer Handtasche. Sie trug einen grauen Faltenrock und einen schwarzen Pullover und hatte ihren weißen Regenmantel über den Arm gelegt. Ihr Begleiter grinste belustigt, als er das Schild las, summte leise die göttliche Melodie und warf eine Handvoll Kleingeld auf die Zeitung. „Etwas zu witzig, Mann!" sagte er im Vorübergehen auf katalanisch. Auch Norma warf ihm eine Münze zu, der Soziolinguist versuchte sie daran zu hindern, doch zu spät, das Geldstück flog schon durch die Luft, und der Akkordeonspieler riß den Mund auf und schnappte es mit den Zähnen. Hundert Pesetas, die köstlich schmeckten, nach ihren köstlichen Händen. Wie all die anderen Male zuvor sah sie ihn kaum an und entfernte sich, ohne ihn wiedererkannt zu haben, ohne zu ahnen, daß dieser arme Straßenkünstler, der sich hinter einer Kruste aus Elend verschanzte, versunken im Schmutz des Lebens, im Getto des Vergessens, ihr früherer Ehemann war.

Norma und ihr Begleiter bogen in die Calle Ferran ein, und Marés sprang mit einem Satz auf, sammelte sein Geld ein und ging hinter ihnen her, das Akkordeon auf dem Rücken. Kurz darauf blieb der Kulturaktivist an der Bordsteinkante stehen, faßte Norma um die Taille und flüsterte ihr lächelnd ein paar Worte ins Ohr. Marés blieb ebenfalls stehen, leidend, er erinnerte sich an die schleppende, schmierige Stimme von Valls Verdú, an seine orthodoxe, nasale Aussprache und an seine angesehene, einflußreiche Stellung als Hüter der Sprache in Presse und Radio, bei der Synchronisation von Filmen und Sendungen von TV3, dem Katalanischen Fernsehen. ‚Arschkriecher, Schleimer', beschimpfte Marés ihn leise, ‚Wichser'.

Die Turtelei ihres Liebhabers war Norma lästig, und sie befreite sich aus seiner Umarmung. Er küßte sie schnell auf die Wange, hielt ein Taxi an, stieg ein und fuhr in Richtung Ramblas davon, während Norma ihren Weg zum L'Agout fortsetzte. Dann essen sie heute also nicht gemeinsam, dachte Marés, nahm eine Abkürzung und wartete an der Ecke zu dem Gäßchen, in dem das Restaurant lag, im Schutze eines dunklen Hauseingangs auf seine Ex-Frau. Und dort, mit grinsend hochgezogenem Mundwinkel, den Körper verkrampft wie ein Besessener, zischte er ihr, als sie vorbeikam, mit *charnego*-Akzent und verächtlich spuckender Stimme, die man unmöglich wiedererkennen konnte, einen Schwall von Obszönitäten zu, die ihre Wirkung nicht verfehlten: Geile Fotze, Pißnelke, Scheißhure, dazu unaussprechliche Wünsche, wirre Anspielungen, Lobeshymnen auf ihren strammen Hintern, ihre glühendheiße Klitoris, ihre schläfrig wirkenden Orgasmen einer Kurzsichtigen. Unvermittelt stieß er dann eine geheimnisvolle, gutturale Tirade auf katalanisch aus:

„*Cigrony, capdecony, recony i codony.*"

Norma blieb stehen und sah über die Schulter, wobei sie so tat, als schaue sie auf ihre Waden und die rauchfarbenen Strümpfe. Die Stimme ließ sie erschauern. Nur sie konnte angesprochen sein, niemand sonst ging in diesem Augenblick durch die Gasse. Es versetzte ihr einen stechenden Schmerz in den Eingeweiden, sie wollte weiterlaufen, doch die heisere Stimme und die obszönen Worte lähmten ihre Beine. In den dunklen Eingang geduckt, das Lächeln getränkt von wehmütiger Erinnerung, hebt Marés ihren Rock in Gedanken hoch: die kleine Narbe an der Innenseite des linken Oberschenkels, das unauslöschliche Brandzeichen, das von der Glut einer Zigarette herrührt, damals, in jener Nacht in Walden 7, als er wie wahnsinnig vor Eifersucht war und sie damit drohte, ihn zu verlassen ... Jetzt streicheln die Hände eines akkordeonspielenden Bettlers die brennenden Stellen um die Narbe, doch vermag er die Seide und die Lust nicht zu verspüren. Sein gequältes Hirn glaubt wieder den sanften Glanz von Normas nacktem Körper wahrzunehmen, ein Leuchten, das von ihr ausgeht, wenn sie mit sparsamen Bewegungen durch sein Gedächtnis geistert, wie in Zeitlupe: Nackt schreitet sie zu dem Fenster über dem Garten der Villa Valentí, das in der Sonne blinkt, dreht sich um und sieht ihn wütend über die Schulter an. Wie weit war jenes glühende Bild von der Gegenwart entfernt!

Er fuhr fort, die vulgäre Litanei herunterzubeten, und sie hörte ihm immer noch zu, wie angewurzelt, die Nähte ihrer Strümpfe betrachtend. Dann schüttelte Norma ihr herrliches kastanienbraunes Haar und ging die Gasse entlang bis zur Tür des Restaurants. Sie nahm einen Handspiegel aus ihrem Täschchen und betrachtete lächelnd ihren rot angemalten Mund. Marés sah, wie ihr Atem den Spiegel beschlug, sah den flüchtigen feuchten Schimmer über ihrer dikken, grell geschminkten und immer ein wenig begierigen Unterlippe. Und einen ganz kurzen Augenblick lang sah er auch, durch die Tränen hindurch, ihre diabolische rosige Zungenspitze.

6

Das Universum ist ein verdammtes, sinnloses Chaos, das immer größer wird, dachte Marés, als er in dieser Nacht die Ramblas hinauf zu dem Bus ging, der ihn nach Hause bringen sollte. Er hielt den Kopf gesenkt und sah auf dem Boden eine Bananenschale, und anstatt ihr auszuweichen, forderte er das Schicksal heraus und trat auf sie, rutschte aus und fiel auf den Hintern. Danach ging er in die Bar Boadas, um zu feiern – nicht alles, was mir zustößt, ist sinnlos – und bestellte einen Champagner-Cocktail und dann noch einen.

Wenig später ging er weiter die Ramblas hinauf, während seine Erinnerung in den grünen Fischteich der Villa Valentí eintauchte. Es war zehn nach zehn, und er wollte den letzten Bus an der Plaza Universitat nehmen. Die Leuchtreklamen blinkten im nächtlichen Dunst. Wie ein gesichtsloser, flüchtiger Schatten näherte sich ihm von hinten ein junger Dealer, wie wär's mit 'm bißchen Glück, Kollege? Ein paar Bettler kamen ihm entgegen, gibst du mir Geld für 'n Sandwich, Bruder? Hinter einem Kiosk stand ein vor Kälte zitterndes junges Mädchen mit hochhackigen Schuhen, willst du ihn mir nicht bis zum Hals reinstecken, Süßer?

Ja, bis zum Hals würde ich ihn Norma hineinstekken, wo immer sie jetzt auch sein mag. Ein wenig Zärtlichkeit, bevor mich die nächtlichen Alpträume heimsuchen, das würde mir guttun.

Er bog in die Calle Pelai ein, und an der Plaza Universitat nahm er den letzten Bus. Er wohnte in der kleinen Wohnung in Walden 7 in Sant Just Desvern. Während der langen Fahrt, den Kopf gegen die Scheibe gelehnt, an der Schwelle der Nacht und des aufkommenden Ekels, hatte er genug Zeit, sein Schicksal zu beklagen, in seinem Elend und in der Niederlage seines Lebens zu versinken.

Er stieg aus, wuchtete das Akkordeon auf seinen Rücken und wankte zum Wohnblock Walden 7, der heruntergekommenen, sich ständig verändernden Festung, die rot, geheimnisvoll und futuristisch im Mondschein leuchtete wie ein Krustentier. Marés war in dieser Nacht so niedergedrückt von Einsamkeit und Kummer, daß er nicht hörte, wie sich die Plättchen von der Fassade lösten und auf dem Boden zerplatzten.

Zu Hause legte er die Tageseinnahmen in ein Aquarium, duschte, zog einen schwarzen Kimono über und goß sich Gin in ein hohes Glas. Dann ging er in die kleine Küche und warf ein paar Eiswürfel ins Glas, füllte es mit einem Schuß Leitungswasser auf und kehrte ins Badezimmer zurück, um sich noch einmal die Hände zu waschen: Er hatte das Gefühl, sie seien ganz klebrig vom vielen Akkordeonspielen und Geldzählen. Er ging hinaus und ließ sich vor dem Fernseher in einen Sessel fallen. Das Fenster stand offen, und ein Lichtmeer schimmerte in der Dunkelheit, ein neurotisches Flimmern, das sich bis nach Espluges und Cornellà jenseits der brausenden Autobahn erstreckte. Auf dem Boden vor dem Gebäude zerplatzten in regelmäßigen Abständen die Plättchen der Fassadenverkleidung, was klatschende Geräusche mitten in der Nacht verursachte, fast ein Stöhnen. Und Marés erinnerte sich an Norma und an die ersten gemeinsamen Tage in dieser Wohnung, an ihr gemeinsames Glück, an ihre Träume. Auch dieses chamäleonartige Gebäude, das in den siebziger Jahren so viele Erwartungen geweckt hatte, war ein Traum: ein Domizil für das antibürgerliche und nonkonformistische Paar, das Norma ihren Freunden vorzuspielen beabsichtigte, ein Wohnblock, der, seinem Schöpfer zufolge, zu dem Zweck erbaut worden war, um andere Lebensformen und Beziehungen als die eines traditionellen Paares zu ermöglichen, um mehr individuelle Freiheit zuzulassen und das Zusammenleben in der Gemeinschaft zu fördern ... All das war in die Brüche gegangen, und Marés fragte sich immer noch nach dem Grund, während er jetzt die Plättchen draußen in der Dunkelheit aufs Pflaster klatschen hörte.

Er ging in die Küche zurück, öffnete eine Dose Herzmuscheln, kippte sie auf einen Teller und beträufelte sie mit Zitrone; dann kehrte er zu seinem Sessel zurück. Er stellte den Fernseher an und begann, die Muscheln auf einen Zahnstocher zu spießen und dazu in kleinen Schlucken eiskalten Gin zu trinken, wobei er versuchte, an nichts zu denken, und die flimmernden Bilder eines abtriftenden Öltankers sah, der langsam in schwarzem, dickflüssigem Wasser versank, im umgekippten, tödlichen Meer, und er wünschte sich, ebenfalls in dem furchtbaren schwarzen Loch zu versinken, einfach von der Erdoberfläche zu verschwinden, doch gelang es ihm nicht, Norma aus seinen Gedanken zu verbannen.

7

Zweites Heft

Fu-Ching, der große Zauberer

Die verrostete Karosserie des Lincoln Continental 1941 steht ohne Räder und Motor mitten auf freiem Feld im hohen Gras, über das der Wind streicht. Es ist das ausgebrannte Skelett eines Traumes. Niemand im Viertel erinnert sich daran, wie und wann das phantastische Automobil hier heraufgelangt ist, wer es auf dieser kleinen Anhöhe im Nordwesten der Stadt stehengelassen und es so dazu verurteilt hat, als Schrotthaufen zu enden. In meiner Erinnerung ist es inmitten eines Meeres aus Gras und Dreck gestrandet, umgeben von einem Haufen toter Dinge: kaputte Eisenöfen, ein ausgeschlachteter Sessel, daneben kahlgeschorene Jungen, die in der Hocke sitzen und rauchen, Stapel alter Autoreifen, meine betrunkene Mutter, die gegen den Wind ankämpft, rostige Sprungfedern und schmierige, kaputte Matratzen.

Ich schreibe diese Erinnerungen nieder, damit sie vor dem Vergessen bewahrt werden. Mein Leben war ein Scheißdreck, aber ich habe kein anderes.

Ich lebe mit meiner Mutter im oberen Teil der Calle

Verdi in einer alten, baufälligen Villa mit Garten an einem Hang, der an den Parque Güell grenzt. Ich sehe die abschüssige, im Nieselregen glänzende Straße vor mir, wie eine herrliche Rutschbahn zur Stadt hinunter. Um die Straßenecke lugt das Gesicht eines Jungen mit schwarzer Maske. Das bin ich, zwölf Jahre alt, mit kahlgeschorenem Kopf und Trauerflor am Ärmel. Der maskierte Junge schaut sich verstohlen nach allen Seiten um, dann überquert er die Straße. Ich sehe wieder das graue, eingeschüchterte Viertel vor mir, die ausgehungerten Katzen, die winzigen Dachterrassen, die weißen, vom Wind gepeitschten Bettlaken. An der gegenüberliegenden Straßenecke treffe ich mit drei anderen Jungen zusammen: Faneca, David und Jaime. Faneca ißt eine gekochte Süßkartoffel, er hat eine Besorgung für die Señora Lola gemacht und war in der Küche der Pension Ynes, wo immer etwas zu essen abfällt. Die Straßen sind so abschüssig, daß die Bürgersteige Stufen haben. Mein Viertel liegt so hoch, den Wolken so nah, daß der Regen hier einhält, bevor er niedergeht. Um nicht noch nasser zu werden, gehen wir zu mir nach Hause.

„Vielleicht ist ja Fu-Ching da, der chinesische Zauberkünstler", sagt David, „und dann zeigt er uns 'n paar Tricks und hypnotisiert uns."

„Genau, er soll uns hypnotisieren", sagt Faneca, „ich möchte hypnotisiert leben."

Im Haus ist das Geräusch einer Nähmaschine zu hören. Ich sehe meine Mutter bei der Arbeit vor mir. Die zitternde Nadel der Maschine sticht durch ein langes, buntgeblümtes Kleid, das auf einer Seite der Singer herunterhängt. Meine Mutter muß damals schon fünfzig gewesen sein, fett, schlampig, im Morgenmantel, mit Schal, und zwischen den Lippen eine brennende Zigarette. Meine geliebte Mutter! Wütend tritt sie das Pedal der Singer. Ihr Gesicht ist aufgedunsen, und ihre Augen sind verkatert. Neben ihr steht ein rundes Tischchen, das mit Kleidern zum Ausbessern überladen ist, eine Schneiderpuppe ohne Kopf und ein Pappkarton mit noch mehr Kleidern. Auf dem großen Tisch eine Flasche mit billigem Wein und ein Glas. Ein altes Klavier steht an der abgeblätterten Wand, an der vergilbte, mit Reißzwecken befestigte Fotos hängen.

Mein maskiertes Gesicht schaut in den Salon, und meine Mutter erschreckt sich so sehr, daß ihre Füße und die Maschine stillstehen. David kommt mir zuvor:

„Ist Fu-Ching zu Hause, Señora Rita?"

„Nimm das verdammte Ding ab, du Rotznase!" sagt meine Mutter zu mir. „Hat man so was schon gesehn, so nach Hause zu kommen. Boo ..."

Sie rülpst. Zweimal. Als sie mich wieder ansieht, nehme ich die Maske vom Gesicht. Darunter trage ich noch eine, identische.

Heute ist Samstag, und samstags füllt sich das Haus mit melancholischen Nachtigallen, und ich muß eine Karaffe Wein sowie eine Dose Herzmuscheln aus Fermíns Kneipe holen. Meine Mutter war eine ziemlich bekannte Opernsängerin, und samstags empfängt sie im Salon ihre alten Freunde vom Theater, die sich schon von der Bühne zurückgezogen haben oder gescheitert und vergessen sind, und sie betrinken sich mit Wein und singen gemeinsam *Zarzuelas*, weinen lyrisch-ergriffen und wehmütig neben dem alten Klavier, an das sich jetzt ein rundlicher, schwitzender Tenor mit Schnäuzer setzt. Ein schönes Schauspiel für ein Kind! Die Gesellschaft besteht, außer dem klavierspielenden Tenor, aus einer korpulenten Frau mit kreischender Stimme – einem ehemaligen Revuestar vom Paralelo –, zwei langbeinigen, vollbusigen, grell geschminkten Balletteusen mit ihren Ehemännern, zwei reifen, herausgeputzten Baritonen mit viel Pomade im Haar, und Fu-Ching, dem zaubernden Alkoholiker, bekleidet mit einem alten Kimono und dem chinesischen Hut, den meine Mutter schon seit Jahren für ihn zu Hause aufbewahrt. Fu-Ching hat sehr gepflegte Hände mit langen Fingern und beeindruckt mit galanten, vornehmen Manieren. Alle sind betrunken und stehen, ein Glas Wein in der Hand, um das Klavier herum und singen. Die Nähmaschine ruht jetzt aus und die geschwollenen Füße meiner Mutter ebenfalls. Die Fotos an der Wand zeigen eine junge Rita Beni bei verschiedenen *Zarzuela*-Auftritten oder in Begleitung des ebenfalls noch jungen Zauberers Fu-Ching, und auch zwei alte Operetten-Plakate sowie Ankündigungen von Zauberveranstaltungen hängen dort.

Meine Mutter singt, ihre Hand behutsam auf die Schulter des klavierspielenden Tenors gelegt. Vor Ergriffenheit zerfließend, dick, weinerlich, das Weinglas an ihre Brust gepreßt, wird sie von ihren Freunden und Freundinnen umringt, die sich mit Wein abfüllen und Sandwiches in sich hineinstopfen. In der Mitte des Salons steht ein Tisch mit schmutzigen Tellern und einer großen Karaffe, einer Stange Brot und einer Salami.

„*Als der junge Reitersmann*", singt meine Mutter mit Tränen in den Augen, „*die Puerta del Perdón passiert, fällt von einem der Balkons eine Blume ihm zu Füßen ...*"

„*Eine Blume*", antwortet der alkoholisierte, schwankende Chor ihrer Gäste, „*ist der Beginn einer neuen Liebe.*"

„*Señorita, die Ihr die Basilie näßt*", singt der klavierspielende Tenor, den die Rührung dahinschmelzen läßt, „*wenn Ihr mich nicht der Kühnheit zeihtet, möcht ich zum Rosenstocke eilen, an dem so wunderschöne Rosen blüh 'n.*"

Singend gehen die Balletteusen, beschwingt euphorisch, zwischen Klavier und Tisch hin und her, futtern Salami und bedienen sich aus der Weinkaraffe.

„*Reiter mit dem Federbusch*", singen Rita und die Balletteusen mit unkontrollierten Koloraturen, „*so galant ist Eure Kühnheit ...*"

An den Rest erinnere ich mich nicht. Ich erinnere mich nur noch an ihre dünnen, zittrigen Stimmen, die, krank vor Wehmut und betrunken, weinselig umkippen. Meine Mutter kann einem leid tun, sie weint vor Glück und küßt ihre Freunde, gleich fällt sie hin.

Während alle um das Klavier herumstehen und singen, schneidet Fu-Ching ein paar Scheiben von der Wurst ab und bereitet sich ein Sandwich zu. Nachdenklich fängt er zu kauen an, und seine dunklen, länglichen, geheimnisvollen Augen voll asiatischer Sanftheit schweifen langsam durch den Raum, bis sie auf mich fallen.

Ich sitze im anderen Winkel des Salons in einem Sessel und bürste wütend das schäbige Paar Schuhe, das ich beim Antritt meiner ersten Arbeitsstelle tragen soll. Schuhe und Schuheputzen, mit Creme oder ohne – wie in diesem Fall, da ich Spucke benutze –, haben in meinem Gefühlsleben eine merkwürdige Rolle gespielt. Ich weiß, daß der Zauberer Fu-Ching mich ansieht, doch ich tue so, als würde ich nichts merken. Ich spucke auf die Schuhkappe und bürste wie wahnsinnig.

Die Nachtigallen der Wehmut beenden im Chor das Lied und lachen und applaudieren und umarmen sich. Einige gehen zum Tisch, um sich Wein nachzugießen. Der Pianist überläßt meiner Mutter seinen Platz, doch sie kommt ins Stolpern und fällt hin, wobei sie einen Stuhl umstößt. Sie schüttet sich aus vor Lachen. Die anderen helfen ihr auf, und dann stimmt eine der Balletteusen wehmütig das Lied *Perfidia* an: *Frau, wenn du mit Gott kannst reden, dann frage ihn, ob ich jemals aufgehört habe, dich anzubeten* ... Das rührt meine Mutter noch mehr, und sie sucht den Zauberer Fu-Ching mit den Augen. *Und das Meer, Spiegel meines Herzens, wie oft hab ich dich weinen seh 'n* ...

Der Zauberer Fu-Ching heißt in Wirklichkeit Rafael Amat, jetzt erinnere ich mich wieder. Gleichgültig gegenüber den zärtlichen Blicken meiner Mutter, steht er jetzt ein wenig schwankend vor mir. Der Kimono und der chinesische Hut stehen ihm ausgezeichnet. Er lächelt mich an, hebt leicht die Hände, und plötzlich erscheint in ihnen ein Kartenspiel. Er führt mir ein paar Kartentricks vor, während die anderen neben dem Klavier weitersingen. Vornehm lächelnd läßt Fu-Ching, wobei er seine fauligen Zähne entblößt, mit eleganten, noch immer präzisen Bewegungen seine langen Finger fliegen und führt mir verschiedene Zauberkunststücke und Taschenspielertricks vor. Der Schluß von *Perfida* fällt mit dem Ende der Zaubervorführung zusammen, und der Beifall der Gäste setzt mit den Verbeugungen des Zauberkünstlers ein.

„Fu-Ching dankt fül den Applaus des velehlten Publikums", sagt er und verneigt sich vor mir, die Hände in den Ärmeln des Kimonos verborgen. „Señolas und Señoles, danke sehl. Danke sehl."

„Veldammtel Scheißdleck", erwidere ich und stehe unvermittelt auf, werfe die Schuhe samt Bürste auf den Boden. Ich drehe mich um und gehe in mein Zimmer. Ich schlage die Tür hinter mir zu, doch das Lachen und das Stimmengewirr übertönen den Knall. Der Zauberer steht da und starrt betrunken auf die Tür.

Ich sehe mich auf dem Rücken liegen, auf meiner Pritsche, die an der Wand steht, die Hände im Nacken verschränkt und die Augen zur Decke gerichtet. Neben der biegsamen Lampe auf dem Nachttisch liegen meine Romane aus der Reihe *Goldene Bibliothek* und mein Album mit den Bildern aus *Die Trommeln des Fu-Manchú.* Die Stimmen und die Klänge des Klaviers dringen aus dem angrenzenden Salon herein. Ich höre, wie die Tür geöffnet wird, wende aber nicht den Kopf. Ich weiß, wer eintritt.

Von der Schwelle der offenen Tür aus sieht mich der Zauberer Fu-Ching an. Er schließt die Tür und lehnt sich mit dem Rücken dagegen. Er betrachtet seine Hände und krümmt die Finger mehrmals, dann sagt er, resigniert lächelnd:

„Meine Finger sind noch immer flink, aber was mir fehlt, ist ... das Gedächtnis. Ja, der Grips! Hast du's gesehn? Ich bringe die Bewegungen durcheinander, ich verwechsle die verschiedenen Tricks ... Ich bin aus der Übung."

Er möchte, daß ich etwas sage, und wartet. Dann fügt er hinzu:

„Sei deiner Mutter nicht böse. Sie ist alt geworden und fühlt sich einsam. Du mußt Geduld mit ihr haben ..."

„So wie du?"

Die Worte kommen unversöhnlich aus meinem Mund, ich sehe ihn immer noch nicht an.

„Ich bin Fu-Ching, der große Zauberkünstler!"

Ich richte mich auf und setze mich mit gesenktem Kopf auf die Bettkante.

„Wenn du ein Zauberer wärst, würdest du die Schmarotzer da draußen verschwinden lassen."

Fu-Ching geht gestikulierend im Zimmer auf und ab.

„Oh! Das könnte ich tun, wenn ich wollte ... Aber es sind unsere Freunde, und sie haben keine Arbeit. Einige von uns hatten kein Glück in diesem Leben, mein Junge. Was kann man dagegen tun!"

Der Zauberkünstler bemüht sich, sich seinen Rausch nicht anmerken zu lassen. Er streicht sich mit der Hand das Haar glatt, und mit langsamen, präzisen Bewegungen zieht er den Kimono aus, setzt den chinesischen Hut ab und legt beides auf einen Stuhl. Darunter trägt er einen abgewetzten Anzug. Ich stehe auf und hänge den Kimono und den Hut liebevoll in den Schrank. In einem versöhnlicheren, unsicheren Ton sage ich zu ihm:

„Warum bleibst du nicht ein paar Tage?"

„Das wäre nicht gut."

„Immer sagst du dasselbe."

„Deiner Mutter geht es besser, wenn ich nicht da bin."

Jetzt denke ich an die vielen gleichartigen Gespräche, die wir miteinander geführt haben. Darauf folgt stets ein langes Schweigen, das ich schließlich breche:

„Was machst du? Wo arbeitest du?"

„Na ja ... Hier und da." Der Zauberer zündet mit einem langen, goldenen Feuerzeug eine Zigarette an, mit Bewegungen, die mich faszinieren. „Fu-Ching lebt gut, ohne Probleme. Ich kann immer mit meinen Freunden rechnen."

Ich lege mich wieder auf die Pritsche, während er dort stehenbleibt und mich ansieht. Schwindler, armer Schwindler! Aus dem Salon dringen die neurotischen Stimmen zu uns herüber, in den vereinzelten Beifall hinein wird ein anderes beliebtes Lied angestimmt. Einer von ihnen singt sehr falsch.

Der große Zauberkünstler betrachtet den traurigen, nachdenklichen Jungen vor sich und zuckt mit den Achseln.

„Gräßlich. Wir singen gräßlich, aber wir tun niemandem damit weh." Er spielt mit der Zigarette, läßt sie zwischen den Fingern verschwinden. „Du hast nichts gegessen. Hast du Hunger? Möchtest du ein wenig Salami? Maribel hat sie aus ihrem Dorf mitgebracht. Sie schmeckt ausgezeichnet ..."

„Ich möchte nichts."

„Du gefällst mir gar nicht in letzter Zeit."

„Wieso?"

„Deine Mutter hat mir erzählt, daß du nicht mehr zur Schule gehst."

„Morgen fange ich in der Autowerkstatt von Señor Prats an."

„Na, das ist ja prima! Du wirst ein guter Automechaniker werden."

Ein langes Schweigen. Ohne den Blick von der Zimmerdecke zu wenden, lege ich beide Hände an den Mund, so als wäre ich alleine, summe eine seltsame, monotone Melodie, die ich mir soeben ausgedacht habe. Das mache ich immer, wenn meine Stimmung auf dem Nullpunkt ist und ich alles satt habe.

Der Zauberer sieht mich einen Moment lang an, ohne zu wissen, was er machen soll. In seinen rätselhaften Augen, den berühmten Orientalenaugen, nehme ich einen traurigen Schimmer wahr, einen Ausdruck von Verlorenheit. Schließlich geht er zur Tür, und als er sie öffnet, hört er meine Stimme sagen:

„Vater."

Fu-Ching dreht sich um. Ich stehe von der Pritsche auf, hole einen Fünfer aus der Tasche und reiche ihm das Geldstück. Er sieht mich argwöhnisch an.

„Woher hast du den Fünfer?"

„Kleiner Nebenerwerb. Nimm ihn."

„Nein, nein ..."

„Nimm ihn."

Der Zauberer zögert ein paar Sekunden. Dann nimmt er das Geldstück.

„Ich geb's dir zurück. Da kannst du ganz sicher sein."

„Kommst du nächsten Samstag?"

Fu-Ching betrachtet mich eine Weile, wobei er die ganze Zeit über darum kämpft, sich aufrecht zu halten und heiter zu wirken.

Er lächelt.

„In Ordnung. Ich werd kommen und dir den Fünfer zurückgeben, und ich zeig dir auch einen neuen Trick ... falls ich mich daran erinnere. Einverstanden?"

Er klopft mir freundschaftlich auf die Schulter, geht hinaus und schließt die Tür hinter sich. Ich höre meine Mutter am Klavier ein melancholisches Lied singen:

„Wenn still die Nacht mit ihrem Mantel sacht geheimnisvoll umhüllt die Stadt ...“

8

Der komische Vogel – er wußte nicht, wie er ihn nennen sollte – blieb auf der Türschwelle des Schlafzimmers stehen und sagte zweimal seinen Namen Marés, Marés. Schwer zu entscheiden, ob er in den Traum hinein – oder aus ihm heraustrat. Er trug seinen Hut schief auf dem Kopf, sehr stilvoll, und seine behandschuhte linke Hand hielt den anderen grauen Lederhandschuh mit äußerster Behutsamkeit, so als handele es sich um einen toten Vogel. Er lehnte sich mit der Schulter gegen den Türrahmen und wirkte wie ein arroganter Schönling aus früherer Zeit, großspurig und verschlagen.

„Schönen guten Abend."

Marés brauchte Zeit, um sich zurechtzufinden.

„Was ist los?" Er knipste die Nachttischlampe an, doch das Zimmer blieb im Dunkeln, genauso wie sein Traum. „Wer sind Sie?"

„Wach auf, Mann."

Marés rieb sich die Augen und protestierte schwach:

„Du schon wieder? Was willst du?"

„Norma Valentí wartet auf uns."

„Das glaubst aber auch nur du."

Der Kerl grinste ihn aus dem Dunkeln herausfordernd an. Marés erkannte den Anzug, es war seiner:

ein alter brauner Anzug mit sehr breiten weißen Streifen, zweireihigem Jackett und Hosenaufschlag. Er stand ihm hervorragend. Ein typischer, dreister *charnego*, schlank und elegant, mit Handschuhen und mit viel Witz, bereit, jederzeit Stunk zu machen. Sein schwarzes, krauses Haar roch intensiv nach Brillantine. Nachdem er Marés eine Weile spöttisch angesehen hatte, sagte er:

„Immer noch verrückt nach der Frau?"

„Immer noch."

„Dir wird 'ne ordentliche Dummheit guttun, Marés."

„Das kann nicht klappen. Du solltest mir glauben, du Unglücksrabe", stieß er zwischen den Zähnen hervor.

Sein andalusischer Akzent klang nicht sehr echt, aber seine etwas heisere Stimme besaß eine außergewöhnliche Überzeugungskraft.

„Du, laß mich nur machen, du Blödmann. Ich werd mit der Frau sprechen, dann kommt se wieder zurück in deine Arme. Das schwör ich dir bei allem, was mir heilig ist."

„Meinst du damit, ich soll dich Norma vorstellen?"

„Nich nötich. Ich stell mich schon selbs vor und reiß sie für dich auf."

„Du bist verrückt."

„Na klar! Kommt aber auf 'n Versuch an. Warum denn nich? Es gibt keine Frau aufer Welt, die man nich wieder zurückerobern kann, wenn man sich's nur fest genuch vornimmt, wenn man se über alles liebt. Aber vorher, bevor du ihr Geliebter wirs, musse ihr Freund wern, ihr Vertrauter ..."

„Sie will mich nicht einmal sehen."

„Ich werd für dich hingehn. Oder hastes immer noch nich kapiert?"

„Ich weiß nicht mal, wie du heißt."

„Ich auch nich, noch nich." Er lächelte ihn zuckersüß an und schlug mit dem Handschuh leicht gegen die Hutkrempe. „Denken wir 'n bißchen drüber nach. Wer bin ich? Ich könnte 'n Freund aus deiner verkorksten Kindheit sein, ein gewisser Faneca. Erinnerst du dich an ihn?"

„Ich erinnere mich nie an etwas, wenn ich träume", erinnerte sich Marés undeutlich. „Denn was ich gerade erlebe, ist doch ein Traum, oder?"

„Wirste schon sehn."

„Du bringst mich ganz durcheinander."

„Ich bin", sagte der elegante Murcianer, ohne auf seine Bemerkung einzugehen, „der Junge namens Faneca, ein kleiner *charnego*, dein Freund, der eines Tages euer Viertel verließ, um sein Glück zu machen, aber nie zu was gekommen iss ... Erinnerste dich an ihn oder nich, Blödmann? Ihr wart immer zusammen. Zwei zerlumpte, hungrige Knirpse, die den Wind der Nachkriegszeit in den Stromleitungen pfeifen hörn, oben auf 'm Monte Carmelo, wo sie zwischen den Ginstersträuchern hocken und sich weit weg träumen."

„Ich erinnere mich, ja."

„Gut. Also, wie gefällt dir mein Plan? Du weiß ja,

daß deine Norma 'ne gewisse Schwäche für *charnegos* hat. Denk an ihre flüchtige Affäre mit dem Schuhputzer und an die andere mit dem Kellner aus 'm Amaya ..."

„Ich weiß, was du vorhast. Es wird nicht klappen."

„Vertrau nur auf mich, Katalanake."

Der Korridor hinter ihm lag ebenfalls im Dunkeln, aber ein schwacher Schein kam seitlich von einem Spiegel oder aus seiner weit zurückliegenden Kindheit, die tief unten in seinem Traum schlummerte, vielleicht aus dem Fischteich mit dem grünen Wasser im Garten der Villa Valentí, in den sie als Kinder über das lanzenbewehrte Eisengitter gestiegen waren, um sich die Taschen mit Eukalyptusblättern vollzustopfen ...

Jetzt konnte Marés eine Hälfte seines spöttischen Grinsens, eine pechschwarze Kotelette und ein pittoreskes Auge, grün wie Basilikum, sehen. Ganz gewiß ein attraktiver Mann. Aber seine Idee war dummes Zeug.

„Nein", sagte Marés, „raus", und warf ihm den Wecker an den Kopf. Der *charnego* verschwand, und Marés drehte sich wütend auf die andere Seite und wickelte sich in das Laken.

9

„Cuxot, gestern nacht hatte ich wieder einen Alptraum“, sagte Marés. „Ich habe geträumt, daß er in mein Zimmer gekommen ist und mich mit meinem Namen angeredet hat. Ich war es selbst, aber ich habe mich kaum erkannt. Ich lag im Bett und stand gleichzeitig im Türrahmen des Schlafzimmers, gekleidet wie ein Zuhälter. Ein *charnego* wie aus dem Bilderbuch. Gelecktes Haar, grüne Augen, lange Koteletten. Ein Dunkler mit olivgrünem Teint. Wie aus dem Film, Cuxot. Er erinnerte mich wieder daran, daß man mir Hörner aufgesetzt hat. Sagte, er wolle sich vor Norma als ein alter Freund von mir aus dem Viertel ausgeben ... Aber das war ich selbst, verkleidet als großspuriger Murcianer, der mir wieder die Ohren vollquatschte und mir eine Art Scherz vorschlug, eine List, um mich meiner Ex-Frau zu nähern und mich wieder an sie ranmachen zu können.“

„Was für ’ne Nervensäge!“ stöhnte Cuxot, wobei er offenließ, wen er damit meinte.

„Was soll ich denn mit ihm machen?“

„Aber wenn du doch mit dir selbst geredet hast, warum warst du nicht still?“

„Ich konnte nicht.“

„Wenn du nämlich still bist, du Dussel, dann ist das

Gespräch beendet, denn dann ist nur noch einer da, der spricht."

„Nein, wir sind zu zweit."

„Aber du bist doch alle beide. Komisch!" überlegte Cuxot. „Und was hat du danach getan?"

„Ich bin aufgestanden und hab mich unter den Armen gewaschen."

„Und warum?"

„Das verscheucht die Alpträume. Ich hab mich daran erinnert, daß ich als Junge an den Straßenecken meines Viertels alte Comics verkauft habe, vor dem Gesicht die Maske von ‚El Coyote' oder mit verdrehtem Oberkörper wie die ‚Rauchende Spinne'."

„Und?"

„Nichts. Ich hab mich daran erinnert, weil ich einen Jungen aus Granada kannte, Juan Faneca, dem der ‚Mann mit der Maske' gut gefiel ... Sagt doch der Verrückte, er könnte Faneca sein! Mit zwanzig ist er mit einem Pappkoffer aus dem Viertel fortgegangen, hat gesagt, er gehe nach Deutschland, um zu arbeiten. Beinahe hätte ich auf dieses Land gepfiffen und wär mit ihm gegangen. Mein ganzes Leben lang hab ich bereut, es nicht getan zu haben ... Schließlich bin ich aufgewacht."

„Und du hast diesen Faneca nie wiedergesehen?"

„Nie."

„Vielleicht ist er reich geworden und inzwischen zurückgekehrt."

„Dann bin ich aufgewacht", wiederholte Marés geistesabwesend.

Cuxot seufzte:
„Verstehe dich, wer will, mein Lieber."
Heute hatte sich Marés in eine stinkende Ecke an der Kathedrale neben Cuxot gestellt. Auf der breiten Treppe pickten Tauben. Cuxot schielte, hatte einen breiten Mund und eine riesige schwarzbraune Glatze, stank nach Ölsardinen und gefiel den Frauen. In einen blauen Samtmantel gewickelt, fertigte er nach Fotos Kohlezeichnungen von Frauen an; er bekam viele Aufträge. Seine Masche bestand nicht darin, eine große Ähnlichkeit zu den Originalen zu erzielen, sondern darin, ihnen eine ganz besondere Würde zu verleihen, die einen gehobenen gesellschaftlichen Status suggerierte.

Marés saß auf einer Zeitung und spielte Akkordeon, vor der Brust ein handgeschriebenes Pappschild:

ARBEITSLOSER MUSIKER
RHEUMAGEPLAGTER MURCIANER
VON SEINER FRAU VERLASSEN.

Auf dem Platz vor der Kathedrale lungerten bettelnde Zigeunerinnen mit Kindern auf dem Arm herum. Um die Ecke fegte ein eisiger Februarwind und wirbelte eine weiße Plastiktüte auf die breite Treppe zu. Mit plötzlicher Wehmut betrachtete Marés das himmlisch makellose Weiß des dem Wind ausgelieferten Plastiks. In schwarze Mantillen und schwarze Mäntel gehüllt, traten bedächtige Frauen aus der Kathedrale oder gingen hinein, der Himmel hing schwer und grau über der Stadt. Ein durch Jahre und Kummer, Schmutz und Groll gezeichneter Bettler streckte seine Hand den Betschwestern entgegen.

Ich bin ein heruntergekommener, zerlumpter Straßenmusiker, dachte Marés, aber ich bin es nur stundenweise. Die aufgeblähte Tüte sah wie eine Schneekugel aus; verfolgt von dem Gurren der Tauben, wurde sie wieder fortgeweht. Cuxot saß auf seinem Klappstuhl und zeichnete. Marés spielte *Du bist immer in meinem Herzen*, und die Münzen klimperten zwischen seinen Füßen.

Später kam Serafín mit einer Flasche Wein, und Cuxot und Marés unterbrachen ihre Arbeit, um einen Schluck zu trinken. Serafín hatte einen Buckel und verkaufte Lose und Zigaretten im Viertel Raval. Seine Hände waren klein und schön, und sein gewelltes, in der Mitte gescheiteltes Haar glänzte schwarz.

„Meine Cousine Olga hat mich zum Abendessen eingeladen“, verkündete er glücklich.

Ein Matrose, der in diesem Augenblick mit zwei Mädchen vorbeiging, wollte sich als Witzbold aufspielen und klopfte Serafín auf den Buckel. Der wurde zuerst böse, dann traurig, nahm seine Flasche und zog wieder in Richtung Ramblas.

Marés kehrte zu seinem Akkordeon und seinen Boleros zurück.

„Schon wieder dieser sentimentale Quatsch?“ schimpfte Cuxot.

„Schon wieder diese verrückte Liebe nach so vielen

Jahren“, jammerte Marés. „Dein Leben und mein Leben, Norma. Denk an mich, du Treulose. Nur einmal. Du bist immer in meinem Herzen, immer und immer wieder ...“

„Los, benimm dich nicht wie ein Kleinkind“, sagte Cuxot.

„Heul hier nicht auf offener Straße rum.“

„Ich mach alles auf offener Straße.“

„Sie will dich nicht sehen, und du würdest zehn Jahre deines Lebens hergeben, nur um eine Minute mit ihr zusammenzusein. Stimmt's, du Kindskopf?“

„Laß mich zufrieden, Cuxot.“

„Das kommt davon, daß du eine reiche Frau geheiratet hast. Eine, die nicht zu dir gepaßt hat.“

„Ich liebe sie und damit Schluß!“

„In deinem Alter ... Du solltest dich was schämen.“

Marés preßte sein Gesicht auf das Akkordeon. Cuxot fuhr fort:

„In deinem Alter kann man sich noch einmal verlieben, warum nicht? Find ich ziemlich unanständig, aber na ja ... Man kann sich sogar aus Liebe in einen Trottel verwandeln und sich lächerlich machen. Aber sich wieder in die eigene Frau verlieben, in dieselbe Frau ...!“

„Ich habe nie aufgehört, sie zu lieben. Nie! Oh, das tut weh ...“ Der Akkordeonspieler schob seine drekkige Hand unter die wollene Skimütze und riß sich ein Haarbüschel aus. „Wie weh das tut! Wie sehr ich leiden muß!“

Cuxot zeichnete weiter mit seinem Kohlestift, ohne sich um ihn zu kümmern. Dann fragte er:

„Wo essen wir heute?"

„Ist mir egal."

„Schämst du dich nicht, so auf offener Straße zu weinen?"

„Halt die Klappe, ich imitiere Lecuona."

Über seinem Kopf flatterten die Tauben, und der Lärm der Stadt drang wie das entfernte Rauschen eines Waldes zu ihm oder wie das eines ruhig dahinfließenden Flusses, wie das sommerliche Summen in der Villa Valentí, als er und Norma noch glücklich gewesen waren. Kurz darauf bildete sich ein Kreis von Gaffern um ihn herum, friedliche Leute, die die Kathedrale besichtigen wollten oder es schon getan hatten und die stehenblieben, um mit beinahe philosophischer, etwas belustigter Aufmerksamkeit das Schild auf seiner Brust zu lesen.

Marés zog Rotz und Tränen hoch und verkündete:

„Verehrtes Publikum, als nächstes werde ich für sie *Noche de Ronda* spielen."

„Tssetssetsse", stieß Cuxot zwischen den Zähnen hervor.

Sein Repertoire bestand in der Gegend um die Plaza del Rey, die Plaza de la Catedral und die Plaza Sant Jaume normalerweise aus Mozart und Rachmaninow und etwas Pau Casals, doch in letzter Zeit faszinierten ihn die alten, romantischen *Boleros*. Das Akkordeon kam so langsam in die Jahre, hatte aber noch einen schönen Klang. Es war eine leichte, gefühlvolle Hohner. ‚Norma, Norma ... Man sagt, Zeit heile alle Wunden, aber ich kann das nicht bestätigen.'

Cuxot hatte seine Bilder als Werbung gegen die Mauer gelehnt. Es waren abgegriffene Bilder von toten Kinostars und frommen Barceloneser Frauen mit Mantillen, die vermutlich noch lebten. Unter ihnen gab es auch eins von Norma Valentí i Soley, der ehemaligen Frau von Marés, angefertigt nach einem Foto, das der Akkordeonspieler immer in seiner Brieftasche bei sich trug. Es war eine kühle, steife Zeichnung, auf der Norma häßlich aussah mit ihren Mandelaugen hinter den dicken Brillengläsern, dem großen, sinnlichen Mund, der langen Montserrat-Nase und dem krausen, altmodisch frisierten Haar. Eine seltsame Mischung, die man sich nur schwer erklären konnte: Norma war nicht eigentlich häßlich, aber sie wirkte so. Genauso, wie sie nicht wie eine reiche Frau aussah; und trotzdem war sie es – und sehr sogar. Obwohl die Zeichnung nur wenig Ähnlichkeit mit der wirklichen Norma aufwies, hatte dieser gescheiterte und versoffene Maler das subtile, perlmuttfarbene Leuchten auf Normas Haut eingefangen. Marés konnte dieses Detail nicht entgehen, hatte sich doch das perlmutterne Schimmern ihres vorstehenden Hinterns – seine Frau, die sich zum Nachttisch herumdreht, nackt, und sich eine Valium in den Mund steckt, wobei sie ihn wütend anblitzt, zehn Jahre zuvor in dem behaglichen Schlafzimmer in der Villa Valentí – seiner Erinnerung eingeprägt wie die ersten Takte von *Perfidia*. Andererseits spürte er in diesen letzten Wochen seine wahnsinnige Leidenschaft für sie mit einer solchen Intensität, daß er häufig mitten in der Nacht von seiner eigenen Stimme aufwachte, die verzweifelt „Norma! Norma!“ rief.

„Was für eine kitschige, blöde Musik!“ schimpfte Cuxot. „Kannst du nicht was anderes spielen?“

Tatuaje. Mirando el Mar. Dos Cruces. Das letzte Stück spielte er mit den nackten Füßen, und dabei weinte er untröstlich, versank immer mehr im Morast von Schamlosigkeit und Unverfrorenheit. Seine erstaunliche Fähigkeit, mit den Füßen Akkordeon zu spielen, weckte bei den Vorübergehenden großes Mitleid. ‚Der Ärmste‘, dachten sie, ‚*charnego*‘ und dazu auch noch verkrüppelt! Mißgestaltet!‘

Und ein Regen von Geldstücken ging auf die ausgebreitete Zeitung nieder.

10

Sie luden Serafín in eine Kneipe in die Calle Sant Pau ein, wo sie Makkaroni und Salat bestellten. Cuxot ließ eine verstaubte Flasche Rioja entkorken, und Marés berichtete wieder einmal von seinem allnächtlichen Traum mit dem großmäuligen Murcianer mit den langen Koteletten und den grünen Augen, seinem anderen Ich.

„Er will unbedingt Norma verführen“, sagte er und schüttelte nachdenklich den Kopf. „Hält sich für unwiderstehlich.“

„Widersprich ihm nicht“, riet Cuxot. „Mal sehn, wohin der Traum euch führt.“

„Stimmt es, daß deiner Ex-Frau die Zigeuner gefallen?“ fragte Serafín. „Und daß sie Verhältnisse mit Flamencosängern und Gitarrespielern hatte?“

„Wer hat dir das erzählt?“

„Er.“ Der Bucklige zeigte auf Cuxot. „Stimmt es oder nicht?“

„Na ja, es stimmt“, gab Marés widerstrebend zu. „Das würde man nicht vermuten, so vornehm und stinkkatalanisch, wie sie ist. Jetzt hat sie sich mit einem kämpferischen Soziolinguisten eingelassen.“

„Soziowas?“

„So seriös und förmlich, die Dame“, fuhr Marés fort zu jammern und schob den Teller mit den Makkaroni, die er kaum angerührt hatte, von sich. „Ja, so ist sie, sie führt eine Art Doppelleben."

Er trank sein Glas aus und goß sich Wein nach. Als er in die Richtung der schmierigen Theke blickte, saß dort am äußersten Ende auf einem Hocker der pittoreske *charnego*, mit dem Rücken zur Theke, und grinste ihn an, mit verbundenem Kopf, in der Hand den Wecker. Der Verband war an der rechten Schläfe durchgeblutet. Er trug seinen braunen Anzug mit den weißen Streifen, doch weder Hut noch Handschuhe.

„Verdammt, geht's mir schlecht", jammerte Marés. „Jetzt träume ich schon mit offenen Augen."

Er trank das zweite Glas aus und blickte wieder zur Theke. Faneca grinste ihn höhnisch an.

„Was hast du da an der Stirn?" erkundigte sich Serafín und wies auf die Schramme über seiner Augenbraue. „Hast du dich am Akkordeon gestoßen?"

„Quatsch! Weder am Akkordeon noch sonstwo. Ich hab euch doch erzählt, daß ich ihm gestern nacht den Wecker an den Kopf geworfen habe."

„Dann müßte er 'ne Schramme haben und nicht du", gab Cuxot zu bedenken.

„Aber er, das bin doch ich, du Rindvieh!" erwiderte Marés im Brustton der Überzeugung.

Serafín kratzte die Reste auf seinem Teller zusammen und sagte kopfschüttelnd:

„Bestimmt hast du dich an der Nachttischkante gestoßen und erinnerst dich nicht mehr daran. Du bist vielleicht ein Typ, Marés!"

Die Erscheinung verschwand plötzlich, als sie ihren Kaffee tranken und Serafín von seiner Cousine erzählte, davon, wie gut sie zu ihm sei.

Sie begleiteten Serafín bis zu den Ramblas, wo er seine Lose verkaufte, und kehrten dann zum Vorplatz der Kathedrale zurück. Marés spielte *Sardanas*, und es regnete Geldstücke; doch sogleich ertappte er sich dabei, wie er, beinahe zwanghaft, erst mit *Lisboa Antigua* und dann mit *Caminemos* begann. Eine pummlige Frau mit sanftem Lächeln und bläulichem Puppenhaar warf einen Hunderter zwischen seine Beine. Das Akkordeon wand sich an seiner Brust, und Marés dachte an die großzügige, aufmerksame Hure, die ihren buckligen Cousin zum Abendessen einlud, damit er sich nicht so einsam fühlte. Dann, ganz plötzlich, kam niemand mehr vorbei, und er hörte auf zu spielen. Neben ihm saß Cuxot auf seinem Klappstuhl und zeichnete und faselte ungereimtes Zeug daher. Irgend etwas über den Körper einer geliebten Frau, den er nach vielen Jahren aus dem Gedächtnis gezeichnet habe. Man erinnere sich nicht an die Formen, sagte er, sondern an das Leuchten der Haut, an ihre Struktur, den Teint. Jenes Leuchten sei es, was er immer habe malen wollen, ohne daß es ihm je gelungen wäre.

Cuxots laute Grübelei brachte Marés Norma Valentí wieder schmerzlich in Erinnerung, und plötzlich ließ er das Akkordeon los und biß sich verzweifelt in die Faust. Heulend wie ein Hund sprang er auf und vergrub die blutenden Knöchel in den Hosentaschen, griff sich an seine Genitalien und fing an, immer um die Zeitung herumzulaufen und um das Akkordeon, das jetzt auf dem Boden lag und sich krümmte, wobei es ein schwaches Seufzen von sich gab. Einige Passanten blieben stehen, um ihm zuzusehen. Cuxot war in seine Zeichnung vertieft und beachtete ihn kaum. Untröstlich schlug Marés mit dem Gesicht gegen die Mauer, bis seine Wange blutete. Dann hob er das Akkordeon auf, setzte sich wieder auf die Zeitung und fing mit blutendem Gesicht an zu spielen. Jetzt blieben noch mehr Leute stehen und starrten ihn neugierig an, doch nur wenige warfen ihm Geld zu. Sie meinten, er spiele Theater.

„Ich kann nicht mehr", sagte Marés zu Cuxot und verkündete: „Ich werd sie anrufen."

„Sei nicht blöd."

„Nur um ihre Stimme zu hören, Bruder."

„Du bist dabei, dein Leben zur Hölle zu machen", sagte Cuxot. „Warum verrennst du dich in diese fixe Idee?"

„Ich hab nur diese eine Idee."

„Idiot."

„Wenigstens den Klang ihrer Stimme hören!" beharrte Marés. „Wenn auch nur durchs Telefon, in einer dreckigen Kabine. Was kann ich sonst tun ...!"

„Diese Stimme macht dich ganz fertig. Du wirst dich noch umbringen."

„Mit mir alleine komm ich nicht zurecht, Mann, hab's nie gekonnt."

„Geh zum Teufel."

„Hab doch Mitleid mit mir, Bruder!“

Diese unglückliche Liebe, sagte er zu sich, meine zerlumpte Liebe, die auf der Straße liegt und in stinkenden Telefonkabinen dahinvegetiert oder hinter Norma herkriecht, abgerissen und hinter dem schwarzen Schal versteckt; die ihr an Straßenecken auflauert wie ein Aussätziger, in einem dunklen Hauseingang auf sie wartet, um mit heiserer Stimme „Hure“ zu ihr zu sagen, „Scheißhure“ ... Was sonst kann ich denn tun!

Er sammelte das Geld auf und rannte die Treppe hinunter, rempelte vor Kälte zitternde Kirchgänger und einen japanischen Touristen an. Er lief über den Bürgersteig zur Telefonkabine, stieß mit dem Kopf die Klapptür auf. Er warf die Münzen ein und wählte die Nummer, die in seinem Gedächtnis eingebrannt war.

Riiingggg. Er sah ihre schmale, alabasterweiße Hand am anderen Ende der Welt den Hörer abnehmen.

„*Assessorament lingüístic. Digui*?“

Ihre Stimme drang wie warme Milch in seine Adern ein, wie ein süßes Gift. Er hörte ihren Atem durch die Leitung. Dann lauschte er den Störgeräuschen. Er hielt den Hörer vor sein Gesicht. Sehnsüchtig starrte er die Muschel an, aus der die geliebte Stimme kam:

„*Digui*. Sprechen Sie!“

Er lehnte die Stirn an die Scheibe der Kabine und fing an zu weinen.

11

Norma Valentí am Telefon:

„*Assessorament lingüístic. Digui*?"

„Hallo? Ist dort das Zentralbüro für Sprachpolitik?"

„Ja."

„Ich ruf wegen 'ner Auskunft an, wissense?"

Er verlieh seiner Stimme einen männlich warmen Ton, sprach schnell und gefällig und mit andalusischer Betonung, die er in seinen Träumen und schlaflosen Nächten oft eingeübt hatte.

„Man hat mir gesacht, ich soll mit der Señora Valentí sprechen, mit der Sosoli ... Sosolingi ..."

„Soziolinguistin."

„Genau!"

„Am Apparat. Wie ist Ihr Name?"

Schweigen. Marés füllte sie mit Räuspern aus, dann mit Seufzern und Geschnaufe. Er spürte einen Kloß im Hals. Es bricht mir das Herz, dachte er. Sie wird meinen: Ach ja, wieder so ein schüchterner *charnego*, ein Analphabet, der sich nicht zu fragen traut.

„Entschuldigense die Störung", sagte er endlich. „Ich wollte Se 'n paar Kleinigkeiten fragen, hörense? Also, ich hab da so'n Problem mit 'm Schreiben und hab mir gedacht, ich ruf mal einfach die Tscheneralitá an ..."

„*Parli català, si us plau*. Sprechen Sie bitte katalanisch."

„Ich sprech's nur sehr schlecht, Señora."

„Dann versuchen Sie, ohne diesen Akzent zu sprechen, sonst verstehe ich Sie nicht. Name und Adresse?"

Erneutes Räuspern, erneutes Schweigen.

„Juan Tena Amores. Ich wohn in Hospitalet und bin Geschäftsmann. Hab 'n kleinen Laden für Autoersatzteile, und mein Problem iss folgendes ... Hörn Se mir zu, Señora?"

„Ja, sprechen Sie weiter."

„Wennse erlauben ... Also, mein Problem iss das: Auf'm Schaufenster hab ich'n paar Anschläge auf kastilisch, und nu sprühn mir die Kerle von der *Crida* ständich was drüber. Deshalb hab ich gedacht, ich schreib die Anschläge auf katalanisch ..."

„Sehr schön. Es wird Sie interessieren zu hören, Señor ..."

„Tena Amores, zu Diensten. *Tenamores*."

„ ... Señor Tena, daß Sie sich als Inhaber eines Geschäftes an die Betriebe wenden können, die im Zuge der gegenwärtigen Katalanisierungskampagne auf Geschäftsbasis mit *Aserluz* zusammenarbeiten. Sie müßten sich mit den Herstellern von Schildern und Plakaten in Verbindung setzen."

„Nee, das iss doch nur 'n Klacks. Ich glaub, Sie können mir da weiterhelfen, wennse so nett wärn ... Hörn Se, ich hab da 'n Schild, auf dem steht ‚Auspuffrohre', und 'n andres mit ‚Ersatzteile'. Das letzte hab ich schon ersetzt durch ‚*Recanvis*‘, mit Vogel-V. Ich glaub, das iss richtich. Aber wennse nu so nett wärn und mir sagen würden, was heißt ‚Auspuffrohre‘ auf katalanisch? Hörn Se? … Sind Se noch dran, Señora?“

„Ja, ich hab's notiert. Warten Sie einen Moment.“

„Ich weiß nich, was da los iss, aber Ihre Stimme hört sich so weit wech an … Hörn Se mich? Wie schreibt man das auf katalanisch, könnense mir das bitte sagen?“

Er hörte das Geklapper der Schreibmaschinen. Norma antwortete nicht, sie hatte den Mund von der Sprechmuschel abgewandt und fragte jemanden im Büro, ob man seiner Meinung nach „Auspuffrohre“ mit „*tubs d'escapament*“ übersetzen könne. „Ach du Scheiße, Mädchen“, hörte er eine Männerstimme im Hintergrund sagen, vielleicht eben die von Valls Verdú, „kannst du mich nicht was Leichteres fragen?“, und gleich darauf Normas Lachen. Dann kam ihre Stimme wieder durchs Telefon:

„Also, hören Sie, guter Mann, Sie haben uns da etwas in Verlegenheit gebracht … Im Moment können wir Ihnen keine genaue Auskunft geben. Es könnte ‚*tubs d'escapament*‘ heißen. Mit Apostroph.“

„*Tubs d'escapament*? Hört sich prima an, Señora Norma. Mit Apostroph? Was issn das?“

„Sicher bin ich mir nicht. Ich muß erst nachfragen. Warum rufen Sie nicht *Aserluz* an?“

„Die Sache iss dringend. Diese Arschlöcher von Nationalisten von der *Crida* und *Terra Lliure* bringen's fertich und zünden mir die Bude an, die Schweine ..."

„Entschuldigen Sie, aber hier wird niemand beleidigt oder abqualifiziert, verstehen Sie mich? Dies hier ist eine öffentliche Einrichtung, und deshalb bitte ich Sie, nicht so herumzuschreien! Was denken Sie denn? Ich habe gesagt, daß ich mich erkundigen muß, rufen Sie übermorgen oder Montag wieder an. Guten Tag."

„Warten Se, legen Se nich auf! Bitte, nur 'ne Sekunde ..."

„Rufen Sie Montag an, dann bekommen Sie die gewünschte Auskunft."

„Um Gottes willen, wartense bitte! Da iss noch was ... Ich möcht mich bei Ihnen entschuldigen, wenn ich Sie beleidigt hab, war nich meine Absicht. Aber die Halunken von der *Crida* haben mich auf'm Kieker, die wolln mich fertichmachen. Ich bin nur'n armer Murcianer, 'n ungebildeter *charnego*, und ich bin den Katalanen ja so dankbar, daß ich hier arbeiten kann und anständich leben, in euerm reichen und schönen Katalonien ..."

„Ja, ist ja gut, ich muß jetzt auflegen. Auf Wiederhören."

„... und ich würd doch nie im Leben 'ne Señora wie Sie beleidigen, die so nett iss und so freundlich zu uns armen *charnegos*, zu so ungebildeten Banausen wie unsereim ..."

„*Adéu*! Rufen Sie Montag an. *Adéu*."

„..."

12

„Brroaaa ...“

Marés steht kotzend in einer Ecke auf der hinteren Plattform des Busses, der ihn von der Plaza Universitat nach Sant Just bringt. Er hat im Laufe des Tages viel Wein getrunken. In einer Kneipe in der Calle Hospital hat er abends Linsen und eine Tortilla mit Knoblauch gegessen und gerade noch den letzten Bus um 22 Uhr 15 erwischt. Außer ihm befindet sich nur noch ein weiterer Fahrgast auf der hinteren Plattform. Von der Calle Aribau biegt der Bus in die Calle de Córsega ein, von dort in die Calle de Casanova und dann in die Travessera de Gràcia. Immer, wenn der Bus eine Kurve nimmt, dreht sich Marés der Magen um, und er wird aus seinen Gedanken gerissen; aber er kämpft gegen die Übelkeit an, und mit zitternder, sich erinnernder Hand streichelt er den bildschönen Rücken von Norma, die auf der Bettkante sitzt ... Dann übergibt er sich wieder.

„Brrroaaa ...“

„Sehr gut, Mann!“ sagte der andere Fahrgast, ein großer, hagerer Herr. „Das hat noch gefehlt.“

„Entschuldigung.“

„Finden Sie das in Ordnung?“ insistierte der Mann.

„Mir ist schlecht.“

„Das hätten Sie sich vorher überlegen sollen.“

„Was?“

Der Fahrgast zögerte ein wenig mit der Antwort.

„Ich weiß doch, was ich tue“, sagte er schließlich unversöhnlich. „Wenn einem schlecht ist und man obendrein noch betrunken ist, steigt man besser nicht in einen Bus.“

Marés drehte sich um und kotzte gegen die Scheibe. Sie fuhren durch die Avenida de Pedralbes, und er starrte durch das Erbrochene in die Nacht hinaus: Lichter und Linsen rannen über die Scheibe. „Unglaublich“, brummte der andere Fahrgast, „man sollte Sie zwingen, das sauberzumachen.“ Sie haben recht, Señor. Marés ließ sich in seiner Ecke auf den Boden gleiten und setzte sich in seine eigene Kotze. Tiefer kann ich nicht mehr sinken, sagte er sich. Der Fahrgast betrachtete ihn mit einer Mischung aus Mitleid und Ekel und wischte sich die Lippen mit einem Taschentuch ab, so als hätte er und nicht Marés sich erbrochen.

„Ferkel.“

„Innerlich bin ich sauber, Señor. Ehrenwort.“

„Hm.“

„Ich bin ein *charnego* in der Eingewöhnungsphase. Ehrenwort.“

Carretera de Esplugues, letzte Haltestelle vor dem Wohnblock Walden 7. Ich bin schon zu Hause, entschuldigen Sie die Unannehmlichkeiten. Marés springt aus dem Bus, das Akkordeon auf dem Rücken und die Taschen voller Kleingeld. Er geht zur Haustür, über ihm fangen Netze die herabfallenden Plättchen der Fassadenverkleidung und andere, häufig nicht zu identifizierende Gegenstände auf. Kaum zu glauben, was die Leute um diese nächtliche Stunde so alles aus dem Fenster werfen. Verzweifelte Nachbarn ohne Hoffnung. In den Netzen liegen leere Sektflaschen, Plastikbehälter, Strümpfe und Socken, Kondome und tote Vögel. Der Wind pfeift durch die dunklen, überdachten Gänge und durch die feuchten Hausflure des verdammten Gebäudes, ein zugiges Labyrinth, ideal, um sich eine Lungenentzündung zu holen. Er muß Pfützen ausweichen.

Der Briefkasten quoll über von Werbung. Marés warf alles auf den Boden, außer einer Broschüre, auf die eine Tütensuppe geklebt war. Er nahm auch einen Fragebogen mit, auf dem nach den diversen Gewohnheiten beim Verzehr von Ölsardinen gefragt wurde, mit der Bitte, ihn ausgefüllt einzusenden, und dem Versprechen, an einer Verlosung teilnehmen zu können. Der Lift brachte ihn langsam hinauf in den zwölften Stock, „Galerie der Ekstase“, und als er die Tür aufdrückte, stieß er gegen jemanden, der auf dem Treppenabsatz stand.

„Können Sie nicht aufpassen?!“

Seine Nachbarin, die dicke Señora Griselda, eine aufgedonnerte Witwe, zwinkerte heftig und rieb mit dem Zeigefinger ihr gerötetes rechtes Auge. „Meine Kontaktlinse, oh je, meine Kontaktlinse!“

Die Witwe kniete sich mit ihren Kaninchenfellen, die wie die Pest stanken, auf den Boden und fing an, die verlorene Linse zu suchen, wobei sie mit ihrem enormen Hinterteil die Fahrstuhltür blockierte. Oh, meine Kontaktlinse! Man konnte ihren Unterrock sehen, ihre blonde Perücke verrutschte, eine ihrer künstlichen Wimpern verfing sich in Marés Hosenaufschlag, ein Paket Monatsbinden und die Zeitschrift Tele-Guía fielen zu Boden, während sie schimpfend fortfuhr, auf dem Boden herumzukriechen und ihre Linse zu suchen.

„Es tut mir so leid, Señora Griselda!"

„Schon wieder besoffen! Schämen Sie sich nicht? Gehen Sie zur Seite, Sie Ferkel! Sie mit Ihrem widerlichen Kneipenakkordeon!" Sie blitzte ihn von unten mit ihren schielenden Augen an. „Ogottogott, wenn ich meine Kontaktlinse nicht wiederfinde, bin ich verloren! ... Worauf warten Sie? Suchen Sie schon, sie muß hier irgendwo liegen ..."

Marés machte nicht einmal den Versuch, sich zu bücken und hinzusehen. Ich denk überhaupt nicht daran, dir zu helfen, du verdammte Dreckschleuder! Die Kontaktlinse blieb verschwunden, und die Witwe rutschte, keifend und mit rotem Gesicht, auf den Knien herum. Eins ihrer Augen war blaßgrau und blutunterlaufen, das andere lächelte grün, beinahe fröhlich strahlend. Ohne mit dem Herumrutschen und dem Gejammere aufzuhören, bewegte sie endlich ihren hochaufgerichteten Hintern zur Seite, was es Marés ermöglichte, aus dem Lift zu treten und schwankend zu seiner Wohnungstür zu gehen, wo er mit dem Schlüssel kämpfte.

„Gute Nacht, Señora Griselda. Ich hoffe, Sie finden Ihre Kontaktlinse wieder."

Speichel floß aus ihrem Mund.

Marés betrat seine Wohnung, machte Licht, legte das Akkordeon im Wohnzimmer ab und schüttete die Tageseinnahme in das große, mit Kleingeld angefüllte Aquarium. Er beschloß, morgen unbedingt zur Sparkasse zu gehen und das Geld einzuzahlen. Er zog die Arbeitskluft aus, duschte, zog den Kimono über und schickte sich an, sich einen sehr großzügig bemessenen Whisky einzugießen. Die Flasche schon in der Hand, hielt er in der Bewegung inne und hob die angemalten Augenbrauen.

„Warum begnügst du dich nicht mit einem Tonic, Marés? Du hast doch schon ganz gut geladen", sagte er zu sich selbst.

„Gute Idee", antwortete er. „Mit viel Eis ... So ist es recht, immer hübsch vernünftig."

Dann schaltete er den Fernseher ein, sah jedoch gar nicht hin. Er ging ins Schlafzimmer, um ein sauberes Taschentuch zu suchen, und sah sich selbst, wie er ins Schlafzimmer trat, um ein sauberes Taschentuch zu suchen und sein altes Unglück: Sein Bild in dem Spiegelschrank war eine bloße Wiederholung jenes jammervollen Bildes, das ihm zehn Jahre zuvor entgegengeworfen worden war.

„Hallo Hahnrei", begrüßte er sich. „Komm rein, bleib nicht da stehen."

Er wandte den Blick schnell ab und trat ein, suchte irgend etwas anderes und sah die Perücke auf dem

Nachttisch. Vor mehr als einem Jahr hatte er sie sich gekauft und seitdem nur einmal verschämt getragen. Rausgeschmissenes Geld! Eine Perücke mit schwarzem, krausen Haar, die mit vier Clips an seinem eigenen schütteren Haar befestigt wurde. Manchmal setzte er sie nachts zu Hause auf, um zu sehen, ob er sich an sie gewöhnen konnte; doch das einzige, was er dadurch erreichte, war, daß sich seine Neigung, laute Selbstgespräche zu führen, noch verstärkte. Zudem erkannte er sich mit der Kraushaarperücke in dem Spiegel nicht wieder. Auch eine Augenklappe aus schwarzem Samt bewahrte er auf, die er zu Beginn seiner Straßenmusikerkarriere über seinem linken Auge getragen hatte, damit man ihn nicht erkannte.

Er ging in die Küche zurück und nahm eine Dose Spargel aus dem Kühlschrank. Er öffnete die Dose, legte die Spargelstangen auf einen Teller, goß Essig darüber und ging ins Wohnzimmer. Doch bevor er sich hinsetzte, holte er seine Arbeitskluft aus dem Bad, und als er die alte Flanellhose auf einen Bügel hängte, sah er etwas im Hosenaufschlag glitzern. Er nahm es in die Hand. Es war die Kontaktlinse der Señora Griselda.

Vor dem Badezimmerspiegel betrachtete Marés die grüne Linse eingehend. Es schien ihm das Zarteste und Unbedeutendste, das er je gesehen hatte, unfähig, das Bild der Welt zu verändern, ihr nicht einmal eine andere Farbe zu verleihen.

„Soso! Die Linse ist nicht geschliffen“, sagte er, nachdem er hindurchgesehen hatte. „Die Señora Griselda trägt grüne Kontaktlinsen, aus Koketterie, nur um ihre Augenfarbe zu verändern. Jaja!"

Er versuchte, die grüne Linse auf sein rechtes Auge zu setzen, was ihm mit einiger Mühe gelang, und sah wieder in den Spiegel.

„Kolossal", sagte er, wobei er wie Faneca leicht lispelte. „Fabelhaft. Ein grünes und ein braunes Auge."

Sein Auge juckte, aber das fröhliche grüne Strahlen begeisterte ihn. Er näherte sein Gesicht dem Spiegel und blickte forschend in die smaragdfarbene Pupille, schloß für einen Moment das andere, linsenfreie Auge.

„Du könntest das andere Auge mit der schwarzen Klappe verdecken, und kein Mensch würde dich erkennen … Sag mal, wie wär's, sollen wir uns einen kleinen Scherz mit der dicken Griselda erlauben?" fragte er sich und wartete, plötzlich ganz aufgeregt, auf die Antwort aus dem Spiegel. „Kolossal, Kollege! Aber bist du nicht etwas zu besoffen, um eine arme Witwe reinzulegen? … Danach geben wir ihr die Kontaktlinse zurück, ja? … In Ordnung."

Er setzte sich die Kraushaarperücke auf, verdeckte das eine Auge mit der schwarzen Klappe und die Pupille des anderen mit der Kontaktlinse. Dazu wandte er einen Trick an, den er als kleiner Junge bei den Buffo-Freunden seiner Mutter gesehen hatte: Wattebäusche in Nase und Mund. Mit dem schwarzen Stift malte er sich schmale, hochgezogene Augenbrauen an, wodurch der verschlagene Ausdruck seines Gesichts betont wurde. Die Augenklappe schwebte nun in einem länglichen Gesicht, das durch das verschlagene Lächeln ganz fremd aussah. Er wählte den altmodischen, zweireihigen braunen Anzug mit den breiten Streifen, ein rosafarbenes Seidenhemd – das, welches er an dem Tag, als Norma ihn verließ, getragen und seither nicht wieder angezogen hatte – und eine granatrote Krawatte. Er baute sich im Profil vor dem Spiegelschrank auf und begegnete dem Blick eines durchtriebenen und irgendwie gefährlichen Typen, der größer und schlanker war und respekteinflößender wirkte als er. Er nahm einen Kugelschreiber und eine Aktentasche, in die er unbeschriebene Blätter und die Fragebögen, die er im Briefkasten gefunden hatte, hineinlegte, trat aus der Wohnung und zog die Tür hinter sich zu.

13

Die Witwe öffnete. Sie trug einen schwarzgelben Morgenmantel und aß ein Magermilchjoghurt. Marés sah zur Seite, damit sie ihn im Profil bewundern konnte, und sein strahlendes grünes Auge zwinkerte ihr zweideutig verschmitzt zu. Er sprach mit verstellter Stimme.

„'n Abend." Eine näselnde Stimme mit leicht andalusischem Akzent. „'tschuldigen Se die Störung, Señora. Hättense wohl die Freundlichkeit und wärn so nett, 'n paar Fragen für 'ne demoskopische Untersuchung zu beantworten?"

„Demoskopische Untersuchung? Ich?"

„Sie wurden unter Tausenden von Personen ausgesucht."

„Ach, du meine Güte! ... Und wofür?"

„Das iss 'ne Umfrage von der Tscheneralitá."

Señora Griselda lächelte geschmeichelt.

„Von der *Generalitat*? Um diese nachtschlafende Zeit?"

„Bin 'n bißchen spät dran." Er öffnete die Aktentasche mit den leeren Blättern und dem Fragebogen. „Dauert nur 'n paar Sekunden."

„Ah! Und was wollen Sie von mir wissen?"

„Sach ich Ihnen sofort. Iss nur eine einzige Frage, ich schreib Ihre Antwort auf, und das wärs dann auch schon. Und Sie kommen ins Fernsehen." Er zückte den Kugelschreiber, um sich Notizen zu machen. „Würdense mir vorher noch sagen, wie Se heißen, bitte?"

„Griselda Ramos Gil", sagte sie und leckte den Joghurtlöffel ab. „Ich komm ins Fernsehn, haben Sie gesagt?"

„Alter?"

„Siebenunddreißig ..."

Während er schrieb, ging er vor ihr auf und ab und stellte sein prachtvolles Profil zur Schau, probierte eine neue Art zu gehen aus, mit zögernden, weichen Bewegungen, um so die Aufmerksamkeit seiner Nachbarin zu erregen und die Effizienz seiner Verkleidung zu testen. Sie stand im Türrahmen und schlug sich neckisch mit dem Löffel auf die dicken, rosigen Lippen. Marés schnappte aus den Augenwinkeln ein verträumtes Zwinkern auf, eine gewisse sinnliche Neugier im Blick der Witwe, die sich vor allem von der schwarzen Augenklappe und der grünen Pupille faszinieren ließ. Doch nichts schien darauf hinzudeuten, daß sie ihn erkannte.

„Personenstand?"

„Verwitwet."

Der Meinungsbefrager schenkte ihr ein verführerisches Lächeln.

„Und nich in festen Händen? Mich laust der Affe!"

Señora Griselda lachte schallend auf.

„Das geht Sie nichts an, Sie Schlingel. Also wirklich!"

„So 'ne Frau wie Sie sollte nich alleine sein, find ich."

„Niemand sollte alleine sein, meinen Sie nicht?"

„Mein ich auch."

„Ach, ich weiß nicht, Sie stehen da so vor der Tür ... Wollen Sie nicht reinkommen? Am Tisch im Eßzimmer können Sie doch besser schreiben."

„Nee, danke ... bin sofort fertich. Also, folgendes ..."

Er suchte in der Tasche den Fragebogen für die Ölsardinen und ging die Fragen durch, doch keine gefiel ihm. Da erinnerte er sich daran, daß die Señora Griselda eine überzeugte Katalanin war.

„Die Frage lautet folgendermaßen, Señora: Würden Sie eine Initiative des Katalanischen Parlaments unterstützen, die umgehend dafür eintritt, daß der Tenor Josep Carreras im Ausland nicht als Stolz Spaniens, sondern als universaler Katalane angesehen wird?"

Señora Griselda zuckte nicht mit der Wimper.

„Denken Se gut nach, bevor Se antworten", riet der falsche Meinungsbefrager und rückte seine Augenklappe zurecht.

„Da brauche ich gar nicht nachzudenken. Meine Antwort ist ‚Ja'. Ich würd noch weitergehn: Der Carreras und die Caballé sollten Opern auf katalanisch singen. Werden die Filme nicht synchronisiert? Dann sollen sie auch die Opern übersetzen! Wär doch sehr hübsch, finden Sie nicht?"

„Weiß ich nich, Señora, ich soll nur meine Fragen

stellen." Er schloß die Aktentasche und lächelte die Witwe von der Seite an. „Dann will ich nich weiter störn, und besten Dank."

„Das war's schon? Sie stören mich überhaupt nicht. Fragen Sie nur ruhig weiter, fragen Sie!"

„Sehr verbunden, und bis neulich. Küß die Hand, Señora."

Er ergriff ihre fleischige Hand, die den klebrigen Joghurtlöffel hielt, und küßte sie, wobei er sich feierlich und höflich verbeugte. Sie zog ihre Hand nicht gleich zurück und rieb ihren Handrücken ein wenig an seinen Lippen. Ihre geröteten Kuhaugen faszinierten Marés, das schmeichlerische Begehren, der ausgesprochen sinnliche Glanz, der in ihnen lag.

„Ach, wie müde Sie aussehen!" rief die Witwe. „Warum kommen Sie nicht rein und setzen sich einen Augenblick? Treten Sie ein, mein Lieber, und trinken Sie was ... Ihre Arbeit muß sehr anstrengend sein, so von Haus zu Haus zu gehen und Fragen zu stellen ... Die Leute sind heutzutage so ungebildet, alles ist ihnen egal. Kommen Sie doch bitte rein, ich bin alleine ..."

Marés hatte schon bemerkt, daß der Scherz sich weniger lustig entwickelte, als er gedacht hatte; aber das Risiko reizte ihn immer mehr, und außerdem fühlte er sich unerwartet wohl in der Haut des Unbekannten. „Danke" murmelnd und im übrigen voll und ganz auf seine Verkleidung vertrauend, folgte er der Señora Griselda in die Wohnung, wobei er den wild wackelnden Hintern vor sich betrachtete. Der verwaschene Morgenmantel klebte an den schwankenden Hinterbacken. Er stellte fest, daß ihr Hintern zwar dick, aber hübsch war, jugendlich und irgendwie verführerisch.

Er fand sich in einem kleinen, erdrückenden Eßzimmer wieder, das mit wuchtigen, glänzenden Möbeln und Keramikgegenständen vollgestopft war, und setzte sich entspannt und glücklich auf ein mit Kreton überzogenes Sofa. Mit einemmal herrschte eine angenehme Atmosphäre, wie vor fünfundzwanzig oder dreißig Jahren, und Marés dachte an seine Mutter und ihre überschwenglichen Freunde vom Theater, die jeden Samstagabend gegen Unglück und Schicksalsschläge ankämpften ...

Die Witwe bot ihm Kaffee und Kognak an, zündete sich stilvoll eine Zigarette an und erzählte ihm von ihrem einsamen Leben. Sie war Kartenverkäuferin in einem Vorstadtkino, das bald abgerissen werden sollte, hatte eine zwanzigjährige Tochter, die in Zaragoza mit einem Metzger verheiratet war, und spielte gerne Bingo und Lotto. Dann fragte sie Marés nach seinem Namen, und er überlegte sich ein paar Sekunden lang die Antwort.

„Faneca", sagte er, „Juan Faneca, stets zu Diensten, Doña Griselda."

„Oh, nennen Sie mich einfach Grise! Alle meine Freunde nennen mich Grise, und ich mag es, es hört sich so ausländisch an."

„Stimmt. Irgendwie schwedisch."

Er tastete nach seiner Augenklappe, um sich zu vergewissern, daß sie immer noch an derselben Stelle saß, und Señora Griselda sagte mit einem betrübten Lächeln:

„Haben Sie das Auge bei einem Verkehrsunfall verloren?"

„Hab's in der Arena verloren."

„Was Sie nicht sagen! Sie waren Torero?"

„Allerdings."

„Also, die Klappe steht Ihnen himmlisch. Schwarz macht sich immer gut."

„Danke für die Blumen."

„Wissen Sie, was ich gerne machen würde?"

„Nee."

„Werden Sie auch nicht über mich lachen, wenn ich's so geradeheraus sage? ... Ich würde gerne mit Ihnen ins Theater gehen. Nehmen Sie mich irgendwann mal mit ins Theater?"

„Ins Theater? Na ja, warum nich?"

„Wirklich? Nein, wirklich?"

„Sie haben aber Hummeln im Hintern!"

Sie hat mich nicht nur nicht erkannt, dachte Marés, ich gefalle ihr, sie findet mich attraktiv. Während sie Kognak nachgoß und von der Zeit erzählte, als sie oft mit hübschen Männern ins Theater gegangen war, stand er auf und ging im Zimmer umher, um sein Profil bewundern zu lassen. Aber er wurde sich erst dann seiner unwiderstehlichen Verführungskraft, der geheimnisvollen sexuellen Ausstrahlung eines Zigeuners vollkommen bewußt, als er die Señora Griselda plötzlich auf einem Kissen auf dem Boden sitzen sah, mit halbgeschlossenen Augen wegen des Zigarettenrauchs, irgendeinem Traum nachhängend, beschwingt und jugendlich und dick zugleich, so als befände sie sich auf einer zwanglosen Party und verlöre nach und nach alle Hemmungen. So saßen sie eine Weile da und plauderten, er auf dem Sofa und sie auf dem Boden, und er wollte sich schon verabschieden, da er das Experiment für erfolgreich beendet ansah (‚Sie würde mich die ganze Nacht über nicht erkennen', sagte er sich), als die Witwe aufstand, ihm die Hand reichte und ihn aufforderte:

„Kommen Sie."

„Was?"

„Ich möchte Ihnen etwas zeigen."

Sie nahm ihn bei der Hand, führte ihn in den Korridor und öffnete die Tür zu ihrem Schlafzimmer. Es war der schönste Raum der Wohnung, hell und sauber, eingerichtet nicht für eine fette, romantische Witwe, sondern für ein kleines Mädchen. Die Tapeten waren mit rosa Elefanten, Giraffen und Zebras bedruckt. Auf dem breiten Bett mit der himmelblauen Tagesdecke lag ein riesiger, weißer Plüschbär. Das Zimmer duftete nach Rosenwasser, und alles machte einen schlichten, anheimelnden Eindruck.

Marés spürte, daß sich bei ihm zwischen den Beinen plötzlich etwas tat. Señora Griselda ging zum Kopfende des Bettes und drückte ihre Zigarette im Aschenbecher des Nachttischchens aus. Dann nahm sie den riesigen Plüschbären und drückte ihn zärtlich in ihren rundlichen, rosigen Armen. Mit dem Rücken zu Marés gewandt, sagte sie:

„Gefällt Ihnen mein kleiner Bär?"

„Klar. Sieht wie 'n richtiger aus."

Sie schwieg, drückte ihr Kreuz durch und kniff die Pobacken zusammen, so daß sie sich wieder mächtig unter dem gelbschwarzen Stoff des Morgenmantels abzeichneten. Dann sah sie Marés über die Schulter hinweg an und fragte mit dem schmachtenden Blick ihrer schielenden Augen:

„Was werden Sie jetzt wohl von mir denken, nachdem ich Ihnen mein Schlafzimmer gezeigt habe?"

Und sie schloß ganz langsam die Augen.

Schlagartig, aus irgendeinem seltsamen Grund, wurde sich Marés der Erbärmlichkeit und Irrealität seines Lebens bewußt, der Verzweiflung und der Einsamkeit, die sich hinter seiner Maskerade und hinter dem weißen Bären verbargen. Unfähig jedoch, seine Erregung zu beherrschen, überwältigt von einer Mischung aus Mitleid und Rachegefühl sowie einer Art alberner Sentimentalität, die in ihm aufstieg, näherte er sich von hinten der Witwe. Diese Frau hatte ihm nie gefallen, und dennoch fühlte er sich durch eine eigenartige Macht zu ihr hingezogen. Vage ahnte er, daß er sich die Rolle angemaßt hatte, daß der, welcher sich der Señora Griselda näherte, ein anderer war. Er stand hinter ihr, faßte sie entschlossen am Gesäß und preßte sein Geschlecht an das harte, vorstehende Hinterteil. Gleichzeitig biß er in den süßlichen, weichen Wattenacken. Señora Griselda stöhnte auf, biß dem weißen Bären ins Ohr und drückte ihn noch fester an sich. Marés warf sie samt Bären aufs Bett, und alle drei wälzten sich über die himmelblaue Decke, auf der er jetzt ein paar Weinflecken sah. Und dann überließ er sich glücklich und vertrauensvoll diesem Erscheinungsbild, dieser Vorspiegelung eines leidenschaftlichen Murcianers mit Kraushaarperücke und schwarzer Augenklappe, den er darstellte, jener hohlen Person mit Watte in Nase und Mund, die so künstlich wie der Plüschbär war, auch wenn er, zumindest in diesem Augenblick, echtes Feuer in seinen Adern spürte.

Im Moment der höchsten Lust sah er sein Spiegelbild in dem glasigen Blick des Bären. Der seidenweiche Mund der Señora Griselda schmeckte, außer nach Joghurt, intensiv nach Nikotin.

14

Er mußte mit dem Aufzug nach unten fahren, um so zu tun, als verließe er das Haus. Denn die Witwe stand in der halbgeöffneten Wohnungstür, ihr nackter Oberschenkel lugte aus dem Morgenmantel hervor, und sie winkte ihm mit dem fleischigen Händchen zum Abschied zu. Danach fuhr er wieder in den zwölften Stock hinauf und stahl sich in seine Wohnung. Er spürte eine unkontrollierbare Beklommenheit in sich hochsteigen. Vor dem Spiegel nahm er langsam seine Maske ab, der bereits insgeheim die Begierden und der Schweiß eines anderen anhafteten, und sogleich erschien wieder die elende, starre Fratze von Marés, die ihm hinter dem blinden Fleck des Spiegels auflauerte.

„Du bist ein Idiot", sagte er. „Die arme Frau! ... Wieso?" brummte er und nahm die Augenklappe ab. „Wir tun niemandem weh ... Laß mich aus dem Spiel, du Scheiß-*charnego*, das warst du ganz alleine ... Und was für eine samtweiche Haut sie hat und was für ein großes Herz ..."

Alle Knochen taten ihm weh, und er ging sofort ins Bett. Noch immer sah er, während er einschlief, den glasigen Blick des Plüschbären vor sich.

Zuerst drängte sich ein starker Brillantinegeruch in seinen Traum, und kurz darauf sah er ihn mit übereinandergeschlagenen Beinen auf der Bettkante sitzen, den Hut auf einem Knie. Marés stützte sich auf den Ellbogen auf. Da er ihn gut sehen konnte, machte er kein Licht. Der fesche *charnego* tätschelte Marés freundschaftlich die Hände, die dieser auf der Decke über seinem Geschlecht gefaltet hatte, und sagte:

„Na? Hast du dich endlich dazu durchgerungen?"

„Es hat keinen Zweck."

„Wir haben's bei deiner Nachbarin probiert, und es hat geklappt. Besser, als du gedacht hattest."

„Meine Nachbarin ist halb blind und außerdem ein einsamer armer Teufel."

„Wir sind alle einsame Teufel. Auch deine Norma."

„Ich sag dir, das wird nicht funktionieren. Nicht mal zum Spaß."

„Jaja. Du bist schon zufrieden, wenn du ihre Stimme am Telefon hörst."

„Ich bin mit gar nichts zufrieden. Gegen mein Unglück ist kein Kraut gewachsen."

„Los, Mann, Kopf hoch! Sie wartet doch nur auf einen Mann wie mich." Und er lächelte ins Nichts oder in die Zukunft, so als würde er fotografiert. „Schau mich an und überzeug dich."

Marés musterte ihn neugierig. Faneca trug die schwarze Klappe über dem Auge und hatte literweise Brillantine im Haar, und er hatte sich wieder in seinen braunen Anzug mit den breiten Streifen gezwängt, dessen zweireihiges Jackett etwas zu knapp saß. Der Anzug stand ihm gut. Unten auf der Straße hörte man einen kurzen, scharfen Knall, so als wäre ein Teller auf dem Boden zerschellt.

„Was war das denn?“ fragte Faneca.

„Plättchen, die sich von der Fassade lösen. Dieses Haus fällt in sich zusammen, genauso wie mein Leben. Aber das ist egal, denn ich träume nur, und Plättchen, die in Träumen herunterfallen, tun niemandem weh …“

„Wach endlich auf, du Unglücksrabe.“

„Ich träume nie, daß ich aufwache.“

„Dein Leben wird sich jetzt ändern“, flüsterte Faneca im Halbdunkel. „Überlaß das nur mir.“

„Geh“, sagte Marés. „Ich träume jetzt etwas anderes.“

Er spürte, wie er den Halt verlor und ins Leere fiel, und gleichzeitig hörte er nicht auf, an Faneca zu denken, ihn vor sich zu sehen. Faneca war genau der Typ, den er brauchte: verlogen und schillernd, dreist und niederträchtig. Der wahnsinnige Gefährte, der das tut, was du nicht zu tun wagst, der Freund, der für dich alles riskiert.

Faneca dagegen hielt sich im Hintergrund und beobachtete neugierig und machtlos, wie Marés den Halt verlor und ins Leere fiel. Jetzt, Marés, trete ich aus deinem Traum heraus und in meinen hinein, sagte er zu ihm. Und mit diesem tröstenden Gedanken versanken der eine wie der andere in einen tiefen, schwindelerregenden Traum.

15

Bald folgten die Karnevalsnächte, und Marés' Unruhe nahm zu. Nach Beendigung seines Arbeitstages ging er nicht nach Hause, sondern setzte sich, das Akkordeon über die Schulter gehängt, in irgendeine Kneipe im Viertel Raval, bestellte ein Sandwich und ein Glas Wein und gab sich seiner Melancholie und seiner Trauer hin.

Er ging zur Toilette, um sich im Spiegel zu betrachten: In einer schizophrenen Stadt mit vielen Zwiespältigkeiten, dachte er, sollte der wehrlose Bürger häufig in den Spiegel sehen, um sich unangenehme Überraschungen zu ersparen... Jemand, er wußte nicht, wer, folgte ihm überallhin.

Am Dienstagabend standen Marés und Serafín, der Bucklige, an der Theke einer Kneipe an den Ramblas und tranken Weißwein. Draußen war es kalt, aber nicht sehr. Serafín hatte sich als Schuhputzer von den Ramblas verkleidet und hielt eine richtige Schuhputzkiste fest in der rechten Hand. Auf dem linken Auge trug er die schwarze Klappe, die Marés ihm geliehen hatte, und auf dem Kopf eine pechschwarze, ziemlich furchteinflößende Perücke mit vollem, krausen Haar, dazu lange Koteletten und einen angeklebten Schnäuzer. Er sah aus wie ein kleiner Junge, der sich als Erwachsener verkleidet hat, dachte Marés.

Olga kam herein, küßte Serafín auf die Wange und sagte:

„Mein lieber Cousin, was für ’n hübsches Kostüm.“

„Gefällt ’s dir, Olguita?“

„Ja, wirklich, mein Schatz.“

Sie zupfte seinen Schnäuzer zurecht und küßte ihn wieder. Sie hatte sich nicht verkleidet, trug eine abgewetzte Felljacke, die leicht nach Karamelbonbons duftete, und einen seitlich geschlitzten grünen Rock. Vor fünf Minuten hatte sie vor dem Restaurant Amaya gestanden und mit einem Freier um den Preis für eine Nummer gefeilscht. Sie war klein, hatte einen dicken Hintern und ein Katzengesicht. Sie setzte sich auf einen Hocker, wollte aber nichts trinken. Heute abend hatte sie sich vorgenommen, irgendwo ein paar *tapas* zu essen und etwas Wein zu trinken und dann mit ihrem Cousin Serafín auf das Kostümfest zu gehen, das ihre Freundin Rosario veranstaltete.

„Ich hab dir versprochen, wir werden Spaß kriegen, wart’s ab“, sagte Olga und tätschelte Serafíns Buckel. „Wirst dich noch lange an diese Nacht und an Cousine Olga erinnern.“

Doch sie schien nicht sonderlich begeistert von ihrer Idee.

Ab und zu sah sie Marés argwöhnisch an. Sie fragte ihn, ob er auch auf Rosarios Fest gehe, und als Marés verneinte, wurde sie ruhiger. Schnell und flüchtig musterte sie den Buckligen von oben bis unten, mit einem Blick, der Marés traurig stimmte. Dann, ganz plötzlich, rief sie: Scheiße!, wo hab ich nur meinen Kopf, und schlug sich mit der flachen Hand gegen die Stirn. Sie habe vergessen, einer Freundin Geld zurückzugeben, das diese dringend brauche, sagte sie und versprach, in zehn Minuten wieder dazusein. Sie küßte ihren Cousin auf die falschen Koteletten, hüpfte von ihrem Hocker und lief hinaus.

16

Mit der Schuhputzkiste in der Hand ging Serafín vor die Tür, um in die Nacht hinauszuspucken und dabei nach Olga Ausschau zu halten. Im Grunde seines Herzens wußte er, daß sie nicht zurückkommen würde. In seinem ganzen Leben hatte ihn keine Frau anständig behandelt, warum sollte das heute abend bei seiner Cousine, der Hure, anders sein?

Vom Hafen drang laute Marschmusik herauf. Der Bucklige hatte Ausschlag in den Mundwinkeln, an dem er ständig leckte. Normalerweise strahlte sein Kindergesicht vor Freude, doch jetzt litt er. Tagsüber verkaufte er Lotterielose und Zigaretten zwischen dem Theater Liceo und der Kolumbussäule. Karnevalswagen fuhren die Ramblas hinauf, gespenstische Masken aus Pappmaché und Geigenspieler auf Stelzen zogen vorüber. Serafín hob mit dem Daumen die Augenklappe hoch und betrachtete das lärmende Gewirr auf dem Pla de la Boqueria und die Menschenmenge, die sich in die Calle Sant Pau wälzte.

„Die kommt nicht wieder“, murmelte er mit rauher Stimme.

Vor einer halben Stunde war Olga weggegangen, und seither hatte er die Schuhputzkiste nicht losgelassen. Er war von Weißwein zu *barreja* übergegangen, einem Mixgetränk aus Muskateller und Anisschnaps, und hatte schon drei Gläser getrunken. Das vierte goß er sich unfreiwillig übers Hemd, er hinkte ein wenig, und der Buckel überragte jetzt seine linke Schulter. Je mehr Zeit verstrich und Olga nicht auftauchte, desto mehr krümmte sich sein mißgestalteter Körper nach rechts. Serafín ging wieder in die Kneipe und sagte:

„Sie kommt nicht, Marés."

„Immer mit der Ruhe. Sie ist bestimmt aufgehalten worden."

„Ja Pustekuchen! Hab mich schon gewundert über soviel Dussel ..."

Er stellte die Kiste auf den Boden neben die Theke, fuhr sich mit der Zungenspitze über den Mundwinkel und sah seinen Freund hilflos an. Sie wußten beide, daß die Hure nicht zurückkommen würde.

„Besser, ich geh schlafen", sagte Serafín.

Seine Vorfreude darauf, heute abend, verkleidet als Schuhputzer von den Ramblas, mit seiner Cousine zu einem Fest zu gehen, war so groß gewesen, daß er schon um zehn Uhr morgens in seinem Kostüm, einschließlich Schuhputzkiste, im Viertel Raval herumstolziert war, ein Stangenbrot unter den Arm geklemmt. Marés, der gerade aus einer Bar gekommen war, wo er einen Kaffee getrunken und dazu Gebäck gegessen hatte, hatte ihn voller Begeisterung vorbeigehen sehen und ihn nicht angesprochen. Durch eine wundersame optische Täuschung wirkte der Bucklige durch die Verkleidung größer, der Höcker war kaum zu sehen, und Serafín hinkte auch nicht. Er war ein anderer, und Marés spürte plötzlich das unwiderstehliche Verlangen, ihm zu folgen, ohne daß dieser es bemerkte. Er konnte sich den Grund für sein Verhalten nicht erklären; vielleicht war es eine gewisse Sehnsucht nach jener Erregung, die er als Kind empfunden hatte, wenn er verkleidet durch die Straßen gegangen war, etwas, das jedoch nichts mit Karneval zu tun hatte: Als Marés klein war, wurde Karneval nicht gefeiert, es war verboten. Er wußte nicht, was es war. Er verspürte ein seltsames Verlangen, hinter Serafín herzugehen und ihn vor etwas Bösem zu bewahren, er wollte seinen Weg bewachen, ihm beistehen. Als hätte die Verkleidung ihm endlich eine Identität verliehen, ging Serafín schnell und wild gestikulierend, wobei er fröhlich die Schuhputzkiste hin- und herschwenkte. Er schritt so energisch aus, als wolle er seinen Buckel samt seiner schiefen Existenz zurücklassen. „Schuhputzer! Schuhputzer!" rief er. Er betrat eine Metzgerei und verlangte ein paar Scheiben Schinken, bereitete sich mit einer Hälfte des Brotes ein Sandwich zu und aß es auf der Straße. Marés folgte ihm durch die Gäßchen des Raval, lauernd, fasziniert; er fühlte sich wie ein Roboter, der von einer unsichtbaren Kraft vorangetrieben wird …

Serafín ließ den Kopf auf die Brust sinken.

„Sie kommt nicht mehr", sagte er. „Ich geh schlafen."

„Trink noch einen Wein. Es ist früh", erwiderte Marés. „Du, dein Kostüm ist sehr gut."

„Das ist eine richtige Schuhputzkiste.“ Wieder etwas lebhafter geworden, öffnete er die Kiste und zeigte Marés die Bürsten, die Cremedöschen und das Putzleder.

„Hat mir Jesús geliehen, er arbeitet jetzt in einer Werkstatt für falsche Haarteile. Die Perücke und die Koteletten hab ich auch von ihm.“

„Großartig.“

„War alles meine Idee.“

Serafín trank in einem Zug seine *barreja* aus, rückte seine Abessinierperücke zurecht und fuhr fort:

„In Cádiz hatte Olga einen Freund, der war Schuhputzer. Der Mann hat sie saugut behandelt. Der einzige, der sie wirklich geliebt hat. Er war sehr groß und trug eine Augenklappe wie diese hier. Verstehst du? Olga geht dieser Mann nicht aus dem Sinn, und ich dachte, es würde ihr gefallen ...“

„Verstehe, Bruder“, sagte Marés. „Du hast weniger Hirn als ein Spatz.“

Einen Moment lang stellte er sich den Mann aus Cádiz vor, sah sein gesundes Auge unbarmherzig auf Serafíns Buckel starren. Währenddessen betrachtete sich der falsche Schuhputzer mitleidig im Spiegel hinter der Theke und schüttelte den Kopf.

„Verdammt, du hast recht“, sagte er. „Das war keine gute Idee.“

„Doch, Mann! Du siehst richtig echt aus mit der Augenklappe.“

„Ich werd immer ein armer Teufel bleiben. Immer!“

Marés rief dem Barkeeper zu:

„Noch eine *barreja* für meinen Freund und einen Wein für mich. Schnell."

„Ich geh", wiederholte Serafín. „Olga kommt nicht mehr, sie wird mich nicht zu dem Fest mitnehmen, und in der Pension wird sie auch nicht schlafen. Das war's."

„Ich glaube, deine Verkleidung hat ihr sehr gefallen. Wirklich. Daß sie dich jetzt versetzt, hat nichts damit zu tun. Außerdem ist es noch zu früh fürs Abendessen."

„Die kommt bestimmt nicht mehr. Scheiß was auf mein Glück!"

Er versuchte, sich Koteletten und Augenklappe abzureißen, doch Marés redete es ihm aus:

„Laß das dran, es steht dir sehr gut." Und mit tiefer Bauchrednerstimme, mit der er jemanden imitieren wollte – er wußte weder, wen, noch warum –, fügte er hinzu: „Heute nacht bist du ein anderer, und das mußt du ausnutzen, mein Freund."

Serafín sah ihn erstaunt an.

„Du solltest immer mit so einer Stimme sprechen. Hört sich romantisch an und macht sicher die Frauen heiß ..."

Die Kneipe füllte sich mit Lärm und Rauch. Nach und nach kamen Leute mit Kapuzenumhängen, mit Augen- und Gesichtsmasken herein. Marés und Serafín tranken das sechste Glas der zweiten Runde, und der Bucklige schwankte hin und her. Marés sagte:

„Heute nacht bist du ein anderer Mensch, vergiß das nicht, und du wirst deinen Spaß haben."

„Wie meinst du das?"

„Vergiß die Hure Olga und ihren Cousin, den beschissenen Buckligen! Verstehst du mich?"

„Nein. Verdammt nochmal, ich geh."

„Hör auf zu grübeln, sei nicht blöd. Ich kenne eine reiche, vornehme Frau, die verrückt wäre nach dir und deinen Bürsten und Cremes ..."

„Ja? Wen denn?"

„Hör mal ... Wußtest du, daß ich früher mal Schuhputzer war?"

„Und wenn ich alleine zu Rosarios Fest gehen würde, einfach so?"

„Ich hab gesagt, daß ich als Junge Schuhputzer war. Nur für einen Sommer, neunzehnhundertdreiundvierzig, auf der Plaza Lesseps."

„Das glaub ich dir nicht. Du sagst mir nie die Wahrheit ... Wer bist du eigentlich wirklich, Marés? Woher kommst du, du mit deinem Akkordeon und deiner Seidenhaut? Stimmt es, daß du wie ein feiner Herr in Sant Just Desvern lebst, in einem Luxusappartement deiner Ex-Frau?"

„Ich lebe in einem Traum, der in sich zusammenfällt."

„Cuxot hat mir erzählt, daß deine Ex stinkreich ist und in einer Prachtvilla im Guinardó wohnt."

Marés löste sich von seinem Hocker. ‚Cuxot, dieses Klatschweib! Hab ich ihm nicht gesagt, daß er darüber nicht reden soll?'

„Ich bring dich nach Hause, Serafín."

„Leben ist ein ewiges Auf und Ab, stimmt's, Marés?"

„Ich bring dich nach Hause."

„Das ist der Sinn des Lebens."

„Quäl dich nicht, verdammt, es ist alles in Ordnung."

„Jeder hat mal Pech. Das Glücksrad dreht sich, und du gewinnst oder verlierst. Und Schluß."

„Ich hab gesagt, ich bring dich nach Hause. Los, gehn wir."

17

Draußen auf dem Bürgersteig mußten sie einer Lache aus bläulicher Kotze ausweichen.

„Das ist nicht von uns“, sagte Serafín.

Wie Schatten schlichen sie durch die engen Gassen, wobei sie dem Gewirr von Masken und Kostümen aus dem Weg gingen.

„Und der Gefallen, um den du mich bitten wolltest, Marés?“

„Muß ich mir noch überlegen, Höcker, im Augenblick weiß ich nämlich nicht mehr, worum ich dich bitten wollte.“

Marés denkt an die knapp zwei Stunden, die er heute abend mit ihm verbracht hat. Mit ihm getrunken, ihn ertragen hat. Aus Mitleid, wegen der Gemeinheit seiner Cousine? Eigentlich nicht ... Seine einfache und zugleich geheimnisvolle Verkleidung als Schuhputzer ... Serafín geht wie ein Affe und schwenkt die Kiste hin und her. Marés folgt ihm auf dem schmalen Bürgersteig, belauert ihn wie heute morgen, betrachtet seine sprunghaften, affenähnlichen Bewegungen, erforscht jene andere Identität. Eine räudige Katze huscht zwischen seinen Beinen hindurch, unter seinem Schuh knirscht eine Spritze, ein junges Junkie-Pärchen sitzt auf dem Bordstein und erwartet das ersehnte Stückchen Himmel. Ihre wachen, weitaufgerissenen Augen durchdringen die maskierte Nacht.

Serafín wohnt in einer billigen Pension hinter der Plaza Real, in einem schmutzigen, schlecht gelüfteten Zimmer. Dutzende von bunten Bildchen und Fotos vom stolzen Steinadler sind an die Wand gepinnt.

Kaum im Zimmer, läßt Serafín sogleich seine Kiste fallen, knipst ein Wandlämpchen an und wirft sich knurrend wie ein Hund auf die Schlafcouch. Er hat keine Lust zu reden. Er streckt einen Arm aus, schaltet den Fernseher ein, und auf dem Bildschirm erscheinen sich aufbäumende Pferde auf einem mit Menschen überfüllten Platz. Fernseher und Kühlschrank stehen einander gegenüber und sehen sich aus ihren Ecken an, beide mit leeren Bierflaschen gekrönt. Marés geht hinaus, um auf dem Etagenklo zu pinkeln. Serafín murmelt etwas von Tío Pepe im Kühlschrank, den er für Olga gekauft habe. Als Marés zurückkommt, ist er eingeschlafen, auf dem Kopf die verrutschte Perücke, auf der Stirn die Augenklappe und am Mundwinkel eine Kotelette. Er sieht nicht nur betrunken aus, sondern so, als hätte man ihn verprügelt. Über seiner verrutschten Maske schwebt wie ein Geist die Liebe des kräftigen Mannes aus Cádiz, der er so gerne für eine Nacht gewesen wäre. Was mache ich hier, warum wache ich über die krankhaften Träume eines einsamen, verbitterten Krüppels?, fragt sich Marés, und er denkt an die Señora Griselda und an ihre gierigen Küsse, die nach Joghurt schmecken.

Er berührte sanft Serafíns Schulter und raunte ihm zu:

„Hör mal, leihst du mir deine Maske?", mit einer Stimme, die nicht gehört werden wollte. „Dem Miststück wollen wir einen Schreck einjagen! Ich weiß, wo wir sie finden können, sie wird bei ihrem Zuhälter sein."

„Pah! Warum?" lallte Serafín.

„Sie hat's verdient, weil sie dich hängenlassen hat. Laß mich nur machen."

Der Bucklige rührte sich nicht. Marés nahm ihm die Augenklappe und Perücke ab und entfernte dann ganz behutsam den Schnäuzer und die Koteletten. Auch die Weste und das schwarze Hemd zog er ihm aus und legte beides auf die Schuhputzkiste. Die Kleidungsstücke rochen intensiv nach Wein. Durch das kleine Fenster über der Calle del Vidre drang Karnevalslärm von der Plaza Real ins Zimmer. Marés betrachtete die gekräuselten Koteletten in seiner Hand. Die kratzige Berührung erinnerte ihn an Normas stürmischen, elektrisch geladenen Venushügel, und er spürte den Kloß im Hals, und wieder stieg dieses verfluchte Selbstmitleid in ihm hoch. Ganz vorsichtig legte er die falschen Haarteile an, und obwohl es keine Spiegel im Zimmer gab, betrachtete er sich in der Wand, so als hätte es einen gegeben, von vorne und im Profil. Der Schnäuzer und die Koteletten klebten an der Haut, sobald sie sie berührt hatten, so als hätten sie danach verlangt. Unter der Perücke wird noch mein Hirn anfangen zu kochen, dachte er mit sonderbar klarem Verstand. Er zog seinen alten Mantel und den Pullover aus und das schwarze Hemd und die Weste an. Im selben Augenblick spürte er, daß ihm übel wurde, und er setzte sich auf die Kante der Pritsche. Nachdem er sich übergeben hatte, verwandelte sich sein Gesicht: unnatürlich rote Lippen, das heulende Elend im Blick, leer, ausdruckslos, weder Selbstvorwurf noch Selbstmitleid liegen darin.

Er öffnete den Kühlschrank und trank einen Schluck von dem eiskalten Tío Pepe. Er fühlte sich wie ein anderer Mensch. Langsam hockte er sich auf den Boden, tastete die Leere um sich herum ab, und während er sich noch in der Wand betrachtete, packte er den Griff der Schuhputzkiste, die im Dunkeln auf ihn gewartet hatte. „Schuhputzer! Schuhputzer!“ rief er mit Serafíns heiserer Stimme und duckte sich vor dem imaginären Spiegel.

18

Mit gekrümmtem Rücken, die Schuhputzkiste in der Hand, bekleidet mit den nach *barreja* stinkenden Sachen des Buckligen, so ging Marés zur Plaza Real hinüber und betrat eine Kneipe.

„Schuhputzer! Schuhputzer!“ rief er, so wie es seine Verkleidung verlangte.

Das Lokal war überfüllt, Masken und Kapuzen liefen herum, Zigarettenrauch und Geschrei und Gestank nach gebratenem Öl hingen in der Luft. Wie er vermutet hatte, saß Olga mit einem hochaufgeschossenen, blonden Kerl an einem Tisch im Hintergrund. Er erkannte sie trotz ihrer silbernen Augenmaske. Mit gekrümmtem Rücken bahnte sich Marés den Weg durch die Menge, wobei er die Ellbogen zu Hilfe nahm und mit Serafíns brüchiger Stimme „Schuhputzer! Schuhputzer!“ rief.

Es gelang ihm wohl sehr gut, die Stimme zu imitieren, denn bevor sie ihn sah, hob sie alarmiert den Kopf und suchte ihn in dem Gewühl. Marés stellte sich vor das Paar hin, krümmte den Rücken noch mehr und sah Olga an. Sie machte ein schuldbewußtes Gesicht und begann:

„Ich erklär’s dir …“

Marés nahm ein randvolles Glas Pipermint-Likör

vom Tisch und goß ihr, ganz langsam, die grüne Flüssigkeit über den Kopf.

„Dafür, daß du dich über mich lustig gemacht hast, liebe Cousine“, sagte er mit der gutmütigen, gebrochenen Stimme des Buckligen. „Weil du mich mit meinem hübschen Kostüm sitzengelassen hast, Kleine, weil du dein Versprechen nicht gehalten hast. Scheißnutte! Hoffentlich verfault deine Klitoris!“

Olga fing an zu kreischen, und ihr Zuhälter stand auf, um sich mit ihm zu prügeln. Doch der blonde Jüngling war nur eine halbe Portion, und seine ganze Wut war nichts als Theater. Marés schlug ihm zur Warnung die Kiste auf den Kopf, und dann wurden sie auch schon von anderen Gästen getrennt. Olga, ganz verklebt vom Pipermint, fing an zu heulen, und der falsche Schuhputzer nutzte das Durcheinander, um sich aus dem Staub zu machen.

Wenig später schlenderte er über die Ramblas. Er fühlte sich ein wenig benommen und ließ sich ein Stück von dem Menschengewühl und der Karnevalsmusik mitreißen. Jetzt stand er vor dem Theater Liceo. Er hatte zwei Möglichkeiten: zurück in Serafíns Loch zu gehen und das blasse Gesicht und die Melancholie von Marés wieder anzunehmen, oder aber die Ramblas zu überqueren und ein paar Gläser Wein im Café de la Opera zu trinken. Er entschied sich für das zweite. Es war ein Entschluß, der den Lauf seines Lebens verändern sollte.

19

Gebeugt und hinkend, die schwarze Klappe über dem linken Auge und die Schuhputzkiste in der Hand, trat Marés zögernd über die Schwelle des Café de la Opera. Er tastete sich vor wie ein Blinder, der oben auf einer Treppe steht und Angst hat, die erste Stufe zu verfehlen und ins Leere zu stürzen.

„Schuhputzer! Schuhputzer!" rief er mit verstellter Stimme, faßte Mut und drängte sich, geduckt und kriecherisch, in das überfüllte Café. Zigarettenrauch hing in der Luft, schrilles Stimmengewirr erfüllte das Lokal, und die Gäste waren zum größten Teil verkleidet. Ein Meer aus grell geschminkten Gesichtern und ungewöhnlichsten Masken wogte vom Eingang bis hinten in den Saal. Marés bahnte sich einen Weg zur Theke und bestellte eine *barreja*, doch der Kellner hörte ihn nicht. Neben ihm stand eine Gruppe sehr lebhafter Leute, die Champagner aus langstieligen Gläsern tranken. Wie Marés hören konnte, warteten sie auf ein paar Freunde, um zusammen zu einem Fest zu gehen. Unter den Pelzen und Mänteln, die lässig über ihre Schultern geworfen waren, trugen sie kostspielige Kostüme. Ihre Gesichtsmasken lagen neben den Gläsern auf der Theke. Eine der Frauen ging als Hafendirne, eine von denen, die in alten französischen Filmen in seitlich geschlitzten Röcken aus schwarzem Satin an einer Straßenlaterne lehnen und mit sinnlicher Stimme *chéri* flüstern, die Augen halbgeschlossen wegen des Zigarettenrauchs. Sie trug billige, halbmondförmige Ohrringe, schwarze Strümpfe und grüne, hochhackige Schuhe. Marés bemerkte, daß sie die gleiche Lederjacke trug, die er zehn Jahre zuvor Norma geschenkt hatte ... Als er jetzt genauer hinsah, bemerkte er, daß es nicht nur Normas Jacke, sondern daß es Norma selbst war, die diese Jacke trug.

„Großer Gott!“ stieß er gepreßt hervor.

Er beugte sich weiter vor, so daß sein Buckel noch mehr hervortrat und er sie außerdem noch besser ansehen konnte. Grell geschminkt, mit blauen Schatten auf den Augenlidern, die Brauen übertrieben hochgezogen, trug sie die unvermeidliche Brille mit den dikken Gläsern voller Dioptrien, die ihren halbgeschlossenen Augen eine Starrheit verliehen wie bei einer Irren, eine Kälte wie bei einer Besessenen. Sie war nach wie vor nicht schön, hatte aber mit ihren achtunddreißig Jahren immer noch eine ausgezeichnete Figur und den Ausdruck kalkulierter Geistesabwesenheit, eine rauchige Stimme und eine leicht Gaudíhafte Ausstrahlung, wie gesprungene Keramik: etwas Eigensinniges in den Gesichtszügen, etwas Geschwungenes in den Formen. Sie hatte langgezogene, weit auseinanderstehende Augen, eine gerade Nase und hohe Wangenknochen mit vereinzelten Sommersprossen. Und vor allem hatte sie volle Lippen, blaß und blutleer, einen Puppenmund.

Als Marés ihre Begleiter näher betrachtete, erkannte er auch sie: Gerard Tassis und seine Frau Georgina, verkleidet als Freunde des Großen Gatsby, und neben ihnen Mireia Fontán als Lady de Winter. Totón, Mireias Mann, war nicht verkleidet, und Eudald Ribas hatte sich in einen eleganten Smoking geworfen. Normas Freundeskreis, Mitglieder einer erlesenen Schar von Soziologen und Werbeberatern, Leute, die Marés verabscheute. Damals, zu seiner Zeit, hatte er selten Umgang mit ihnen gepflegt, und sie schienen immer noch genauso überflüssig und geschwätzig zu sein, genauso reich und gutgelaunt wie damals, obwohl sie jetzt schon in den Vierzigern waren.

„Wie lange wollen wir hier noch auf Valls Verdú warten, auf diese lahme Ente?" fragte Tassis mit einem Seitenblick auf Norma.

„Und auf die Bagués", ergänzte sie.

„Ob die Bagués kommen, ist nicht sicher", sagte Mireia. „Ita geht es in letzter Zeit miserabel, ihr ist nicht nach Feiern zumute."

„Was habt ihr's eilig!" rief Ribas. „Hier ist es doch sehr nett."

„Ita tut mir leid", sagte Mireia.

„Sie hatte eben kein Glück", erwiderte Georgina.

„Fällt euch was auf?" fragte Norma, mit dem Rükken gegen die Theke gelehnt. Betrübt schüttelte sie den Kopf, und die blechernen Halbmonde an ihren bezaubernden Ohren klirrten. „Alle unsere Schulfreundinnen hatten Pech in der Ehe: Isabel, Paulina, Ita ..."

„Und Eugenia, mehr noch als alle anderen“, sagte Georgina. „Und außerdem ist sie krank und alleine. Arme Eugenia ...“

Durch das Klirren der Ohrringe hörte Norma schlecht.

„Leukämie?“ fragte sie nach.

„Von ihrem Mann getrennt“, erklärte Georgina. „Wie du.“

„Aber davon kriegt man doch keinen Krebs, meine Liebe“, erwiderte Norma.

Wie immer, wenn Totón Fontán mit ihnen zusammen war, sprachen sie fast die ganze Zeit über Kastilisch mit jener näselnden, schwülstigen Aussprache, die für die uralten Familien des Viertels *Eixample* so charakteristisch ist. Durch das eine, ihm zur Verfügung stehende Auge besah sich Marés flüchtig das, was die Zeit mit ihnen gemacht hatte. Nicht viel, verflixt nochmal! Nach den zehn Jahren, während er sich in die Anonymität geflüchtet und sich einem physischen Verfall hingegeben hatte, der schmachvoller war als der des Alterns, mußte er sich eingestehen, daß sie sich gut gehalten hatten, aufrecht und glänzend. Der geduckte Marés strich um sie herum, spitzte die Ohren und versuchte, die Aufmerksamkeit des Thekenkellners auf sich zu lenken, bei dem Lady de Winter gerade bestellte.

Norma achtete nicht auf den zigeunerhaften Schuhputzer, der mit heiserer Stimme seine *barreja* bestellte. Der Kellner bediente ihn nun endlich. Norma sah auf ihre grünen, ziemlich glanzlosen

Schuhe hinunter. Marés erkämpfte sich einen Platz am äußersten Ende der Theke, neben Ribas und Norma, und betrachtete sich in dem Jugendstilspiegel, der sein Bild in einen weiteren, gegenüberliegenden Spiegel zurückwarf, und so endlos fort: ein kriecherischer Kerl neben Norma, gebeugt, mit einem verschlagenen, leicht schurkischen Blinzeln im *charnego*-Gesicht, das zur Lüge ermunterte. Verstohlen trank er seine *barreja*, beinahe heimlich, so als fühle er sich in einer prekären Lage beobachtet, in einem labilen Gleichgewicht, weder sitzend noch stehend, gespalten und paradox. Er war hier und hatte doch das Gefühl, weit weg zu sein. Freude regte sich in seinem Herzen, und er nahm, mehr als alles andere, den Geruch von Normas Haar und sogar die Wärme ihrer Lenden wahr.

Daß sie von ihm sprachen, erriet er, als er durch das allgemeine Stimmengewirr hindurch plötzlich eine ironische Bemerkung von Eudald Ribas hörte:

„Wie konnte diese Vorstadtwanze eine reiche Erbin aufs Kreuz legen?"

„Sagen wir: Ich habe mich verliebt", erklärte Norma verächtlich. „Natürlich ist mir das nie wieder passiert."

„Das erklärt nicht alles."

„Es war die klassische ‚gute Partie'", sagte Tassis. „Da gibt es nichts zu erklären."

„Übrigens", warf Totón ein, „jemand hat mir erzählt, daß er ihn auf einer Metrotreppe gesehen habe, Flöte spielend und angezogen wie ein Penner."

„Geige“, korrigierte ihn Ribas.

„Er mußte ja so enden“, sagte Lady de Winter.

„Können wir nicht über was anderes reden, Eudald?“ schlug Norma vor, und ihr zerstreuter Blick fiel auf den krummen Schuhputzer.

Sie starrte auf seinen seltsam schiefen Rücken und auf den eingezogenen Krauskopf zwischen seinen Schultern, und ein kalter Schauer lief ihr über den Rücken.

„Armer Teufel!“ sagte Ribas. „Ich mochte ihn. Wollt ihr wissen, warum?“

Marés stützte sich mit den Ellbogen auf die Theke und spitzte die Ohren. Ribas zufolge hatte Joan Marés etwas aus sich gemacht, das heiße, er habe sein Leben ohne einen Céntimo in der Tasche und ohne nützliche Beziehungen in die Hand genommen. Und das verdiene Anerkennung. Die kuriose Begegnung mit Norma in einem Lokal der Freunde der UNESCO vor fünfzehn Jahren, während eines Hungerstreiks gegen das Regime, sei für ihn ein Geschenk der Glücksgöttin Fortuna gewesen, ein unverhoffter Glückstag; aber in dem weiteren Verlauf seiner Beziehung zu Norma, nachdem sich die beiden ineinander verknallt hätten, habe er sich den Zutritt zur Villa Valentí zäh erkämpft. Das sei kein leichtes Unterfangen gewesen – fügte Ribas hinzu –, wenn man bedenke, daß Norma Einzelkind gewesen sei und ihre Verwandten sie streng behütet hätten.

Ribas erinnerte sich ganz genau an den damaligen Marés, an sein reifes Aussehen, seinen Einfluß auf

Norma: mit seinem dichten kastanienbraunen, nach hinten gekämmten Haar und seinen honigfarbenen, ein wenig traurigen Augen war er zwar etwas klein geraten, aber hübsch; sein gewinnendes Lächeln ließ einen gewissen Mangel an Moral vermuten, und sein Gesicht war mit Pickeln übersät: Stets, auch als er bereits verheiratet war und sich mit Norma in der Villa Valentí eingerichtet hatte, trug er das Stigma der Schlechtgenährten und Besitzlosen mit sich herum.

Den Kopf zwischen den Schultern eingezogen und so einen verborgenen, schmerzenden Buckel vortäuschend, packte der Schuhputzer seine Kiste am Griff, bahnte sich einen Weg zur Mitte der geselligen Runde und streifte dabei die weiche, satinglänzende Hüfte von Norma, die immer noch mit dem Rücken zur Theke stand.

„Schuhe putzen, Señor?“ wagte er kühn zu fragen und sah Totón Fontán in die Augen.

„Nein, danke.“

Totón trat zur Seite, um ihm Platz zu machen, und bemerkte mit einem Blick auf Ribas:

„Ich glaube, du hast recht. Ich kannte ihn kaum.“

„Laut Eudald“, warf Tassis ein, „war er ein Karrierist.“

„Na, na!“ protestierte Ribas. „Das habe ich nie behauptet. Er war lediglich ein Waisenkind, das in einem armen Viertel aufgewachsen ist, mehr nicht.“

Marés registrierte, daß Eudald Ribas der einzige war, der ironisch und distanziert über ihn sprach, ohne Ressentiments. Norma folgte der Unterhaltung nicht, jedenfalls dem Anschein nach, und hin und wieder tuschelte sie mit Mireia.

„Du bist naiv, Eudald", sagte Tassis. „Ich habe ihn immer für einen empfindlichen und gefährlichen Zeitgenossen gehalten."

„Überhaupt nicht!"

Ribas lächelte. „Er war ein Künstler."

20

Die Stimmung im Café de la Opera wurde immer lebhafter, und der Rauch nebelte die Spiegel, die Lampen und das Meer der Köpfe ein. Norma reckte den Hals und blickte um sich, so als suche sie jemanden, die Ellbogen nach hinten auf die Theke gestützt in derselben provozierenden Haltung, die sie zehn oder fünfzehn Jahre zuvor an der legendären Theke des Bocaccio an den Tag gelegt hatte. Die Brille mit den dicken Gläsern verlieh ihr das Aussehen einer heruntergekommenen Hure, die knapp bei Kasse ist, doch wurde dieser Anschein Lügen gestraft durch die Straffheit ihres Körpers und den majestätisch kraftvollen Knochenbau.

„He, Sie, Schuhputzer!“ rief sie und schnippte mit den Fingern.

„Schuhputzer!“

Demütig, mit gesenktem Kopf, eilte der falsche Schuhputzer herbei, und der Kreis öffnete sich, um ihm Platz zu machen. Norma hob den rechten Fuß und fügte hinzu:

„Mal sehn, was Sie aus meinen grünen Nuttenschuhen machen können ... Gefallen sie Ihnen? Putzen Sie sie vorsichtig, damit sie nicht auseinanderfallen. Sie sind älter als meine Großmutter.“

„Lassen Se mich nur machen, Señora, ich bin ’n

Künstler", murmelte der *charnego* und kniete vor Norma nieder. Zitternd öffnete er die Schuhputzkiste, nahm Creme und Bürste heraus und legte sie neben sich auf den Boden. Niemand achtete auf das, was er tat. Behutsam nahm er Normas Fuß in beide Hände und stellte ihn auf die Stützleiste der Kiste, direkt vor seinen Hosenschlitz. Mit einer Hand hielt er den Fuß fest, nahm die Bürste in die andere und begann zu bürsten. Er fühlte die glatte Seide des schwarzen Strumpfes, den leicht gespannten Knöchel und die Wärme von Normas Haut, und keinen Augenblick lang kam es ihm in den Sinn, daß seine Unbeholfenheit und Langsamkeit, mit der er die Bürste handhabte, seinen Schwindel aufdecken könne.

„Wie lange hast du ihn jetzt nicht mehr gesehen, Norma?" fragte Mireia.

„Acht oder zehn Jahre, ich weiß es nicht mehr ..."

„Stimmt es, daß er in einem dieser Laienspieltheater von Gràcia mitgespielt hat?" fragte Tassis.

„Er war ein Rhapsode", präzisierte Georgina. „Apropos, wie war die Geschichte noch mal, die du damals erzählt hast, Norma? Es war so amüsant ..." Sie lachte auf. „Ja, Mensch, als er dich zum ersten Mal in einem Theater geküßt hat ..."

„Nicht im Theater", sagte Norma. „Das war im Parque Güell, wir waren schon verlobt. Wir redeten über den Patriotismus meiner Eltern, darüber, wie sie mich zur Liebe zu Katalonien und zur katalanischen Fahne, der *senyera*, erzogen hatten, und plötzlich küßte er mich auf den Mund. Es wurde ein ellenlanger Kuß, und dabei, ohne seinen Mund auch nur eine Sekunde lang von meinem zu lösen, rezitierte er den *Cant espiritual* von Maragall. Er brachte es fertig, das Gesamtwerk von Mossèn Cinto zu rezitieren, während er küßte."

„Mensch, das ist ja eklig!" rief Mireia.

„Speichel und patriotische Dichtung", sagte Ribas, „den Cocktail hat Norma immer gemocht."

Der Krauskopf des Schuhputzers pendelte leicht und sachte vor Normas Knien hin und her. Norma musterte die gelbseidigen Hände, die sich mit ihrem Schuh abmühten. Wie sie diesen schiefen, dunkelhäutigen Murcianer so zu ihren Füßen hocken sah, gebeugt von einem schmutzigen Leben und einer schmutzigen Arbeit, überfiel sie ganz plötzlich ein heftiges Verlangen, über seine Haare zu streichen. Mireias Stimme an ihrer Seite riß sie aus ihren Gedanken.

„Als Norma ihn kennengelernt hat, spielte er Violine in einem Orchester, stimmt's, Norma?"

„Nicht in einem Orchester", mischte sich Georgina wieder ein. „Er war von klein auf in Varietés aufgetreten, hatte Gedichte von Rafael de Léon mit Musikbegleitung aufgesagt ... Stellt euch das mal vor!"

„Ein Spitzbube war er", sagte Totón.

Auf den Knien, den Kopf eingezogen, so als hätte er keinen Hals, stellte Marés voller Verachtung fest, daß sie über ihn sprachen, als wäre er bereits tot.

Norma spürte, wie die Bürste in unrhythmischen

Stößen ihre Schuhspitze bearbeitete. Wieder sah sie auf den Kopf mit dem gekräuselten Haar hinunter, der ihre Knie berührte, und hörte sich sagen:

„Warum reden wir nicht über was anderes?“

Immer wenn die Eingangstür geöffnet wurde, drang das Geschrei von den Ramblas mit dem endlosen Zug von Kostümen und Masken herein. Vor dem Theater Liceo spielte ein Mädchen mit Zöpfen und Zigeunerrock Geige, über den Schultern die *senyera*, und ein Betrunkener tanzte mit einer Flasche im Arm um sie herum.

Seit einer Weile schon beobachtete Ribas das linkische Hantieren des Schuhputzers auf dem Boden. Er stieß Totón mit dem Ellbogen an und flüsterte ihm zu:

„Guck mal, wie der mit der Bürste umgeht!“

„Mit einem Auge, was willst du da schon verlangen …“

„Den anderen Fuß, Señora, wenn Se so freundlich wärn“, säuselte der Schuhputzer, ohne aufzublicken.

Norma nahm den rechten Fuß von der Kiste und stellte den andern auf die Stützleiste, ohne die Augen von dem stolzen, niedergebeugten Kopf vor ihren Knien, den Knien einer Pariser Hure, abzuwenden, Sie fühlte die eifrigen Hände des Schuhputzers ihren Spann und die Knöchel betasten, und plötzlich stieg eine Wärme an ihrem Bein hoch, gleich darauf an der Innenseite ihres Schenkels entlang, und dann verspürte sie einen Schauder in den Kniekehlen. Sie sah sich den soeben geputzten grünen Schuh an, doch er war genauso glanzlos wie vorher. In diesem Augenblick faßte Georgina sie sanft am Ellbogen.

„Ich hab gehört, du würdest ihn nicht wiedererkennen, wenn er dir auf der Straße begegnen würde."

„Dazu hätte ich nicht die geringste Lust."

„Wir haben uns alle verändert", sagte Mireia.

„Bestimmt sieht er älter aus, als er ist." Norma schwieg nachdenklich und fügte dann hinzu: „Er sah nie so aus, wie er in Wirklichkeit war, dieser Mann."

„Man hat ihn irgendwo gesehen, wie ein Paria, wie ein Penner soll er auf den Metrotreppen gelegen haben, mit einem Schild, ‚Ich habe Hunger und bin alleine auf der Welt' oder so ähnlich."

„Unsere Geschichte ist jetzt seit vielen Jahren vorbei, und ich habe nicht das geringste Interesse, ihn wiederzusehen", sagte Norma. „Obwohl, wenn ich wüßte, an welcher Straßenecke er hockt, würde ich ihn mir gerne mal aus der Entfernung ansehen ..."

„Mir hat man auch von ihm erzählt", sagte Ribas. „Er soll mit den Füßen Flöte spielen und mit einem Löffel auf einer Flasche Anisschnaps rumkratzen, auf der geriffelten Flasche mit dem Affen."

Dieses Bild erschütterte Norma.

„Du redest nichts als Unsinn, Eudald."

Ribas machte eine resignierende Bewegung und sagte zu Tassis und Totón gewandt:

„Norma hat über das arme Waisenkind nie Bescheid gewußt. Sie hat nie erfahren, wer er war, woher er kam oder welche Absichten er hatte. Liebe macht tatsächlich blind." Er lächelte Norma zu und zwickte ihr freundschaftlich ins Kinn, worauf sie zurückwich. „Wußtest du, daß er das Kind einer halbverrückten Varieté-Künstlerin war?“

„Ja und?“

„Du gehst zu weit, Eudald“, sagte Mireia.

„Als wir uns kennenlernten, war seine Mutter schon tot“, sagte Norma, wobei sie die ganze Zeit Ribas’ Blick auswich. „Und außerdem hat er’s mir anders erzählt ...“

„Na ja, deswegen braucht man sich nicht zu schämen“, sagte Mireia und legte ihren Arm um Normas Schultern, so als wollte sie Norma vor Ribas’ sarkastischen Bemerkungen in Schutz nehmen. „Ich weiß nur, daß er immer noch verrückt nach dir war, nachdem du ihn verlassen hattest.“

„Das kannst du wohl sagen, meine Liebe“, rief Georgina mit ihrer näselnden Stimme. „Ich habe nie jemanden gesehen, der so verliebt war.“

„Jedenfalls mochte ich ihn“, versicherte Ribas. „Auch wenn er immer irgendwie Theater spielte ... Und jetzt hat ihn seine verschmähte Liebe zum Bettler gemacht. Nicht zu fassen! Armer Teufel.“

Dem ungeschickten Schuhputzer fiel die Bürste auf den Boden, was ihn aus dem Konzept zu bringen schien. Norma bemerkte, daß er ihren Fuß befummelte. Der Mann nahm das Putzleder in beide Hände und rieb mit unsicheren, linkischen Bewegungen an der Schuhspitze herum. Das Leder glitt den Fußspann hoch, und das kräftige, vom Strumpf kaum abgemilderte Reiben ließ Normas Haut erglühen.

„Seien Sie vorsichtig, Sie polieren ja meine Füße!"

Ribas, dem die Unfähigkeit des Schuhputzers schon aufgefallen war, fragte:

„Sind Sie neu in dem Geschäft, Kollege?"

Marés, den Kopf nach wie vor gesenkt, räusperte sich und antwortete mit heiserer, von Bazillen und Schleim geladener Stimme:

„Schimpfen Se nich mit mir, Señor, machen Se's mir nich noch schwerer, ich tu, was ich kann." Er warf Norma mit dem freien Auge einen flüchtigen Blick zu und senkte dann wieder den Kopf. „'tschuldigen Se, Señora, aber bei mir iss alles schiefgelaufen, ich bin schwer in'n Miesen, und da mußte ich mir Bürste und Creme schnappen ... Hab im ganzen Leben noch keinen einzigen Schuh geputzt. Geht mir immer noch nich locker vonner Hand, aber Ihre Schuhe glänzen hinterher wie Gold, das schwör ich Ihnen. Ehrlich, sonne schnuckeligen grünen Schuhe! Und wenn Se hinterher nicht zufrieden sind, dann gebn Se mir, wasse wolln und Schwamm drüber ..."

Norma hörte ihm mit leicht geöffnetem Mund zu, und auf ihrer Oberlippe glänzten Schweißperlen. Sie konnte ihren Blick nicht von dem Nacken des Schuhputzers abwenden, von der Stelle, an der das gekräuselte Haar von dem schwarzen Gummiband der Augenklappe eingekerbt war. Wieder spürte sie den Schauer wie Ameisen zwischen ihren zusammengepreßten warmen Schenkeln hochkriechen.

„Nur keine Angst", sagte sie, „Sie machen das ausgezeichnet, und außerdem haben wir's nicht eilig."

Sie bat Ribas, ihr nachzuschenken, während Mireia auf das Thema Joan Marés zurückkam, auf den traurigen Umstand, daß er als Bettler in der Gosse gelandet sei. Wenn man bedenke, wie verliebt er gewesen sei, dann könne man nur schwer begreifen, daß er so völlig untergetaucht sei und nie versucht habe, Kontakt mit Norma aufzunehmen.

„Vor einiger Zeit hat er es mal versucht, doch ich wollte ihn auf keinen Fall wiedersehen", sagte Norma. „Aber jetzt mal was anderes: Wann holst du mich im Büro ab, damit wir mal zusammen essen gehen?"

„Wo befindet sich denn dieses Büro?"

„Erlauben Se", sagte der Schuhputzer, „dauert nur 'n Moment ..."

Unbehelligt, da sich niemand um ihn kümmerte, hatte er Norma den Schuh ausgezogen und rieb ihn nun in der Luft ab, um ihren Strumpf nicht noch mehr zu beschmutzen. Aber auch bei diesem System bewies er ebensowenig Geschick. Norma stellte den schuhlosen Fuß auf die Schuhputzkiste und streckte die Zehen aus. Durch den schwarzen Seidenstrumpf hindurch konnte er den roten Lack auf den Zehnägeln schimmern sehen. Der Anblick des winzigen Nagels der rosigen kleinen Zehe, die kindlich unschuldig unter der schwarzen Seide schlummerte, rührte ihn plötzlich sehr, weil er an häusliche Wonnen erinnert wurde, die er damals nicht zu schätzen gewußt hatte, so daß er jetzt am liebsten den Kopf auf Normas Knie gelegt und zu weinen begonnen hätte.

Niedergedrückt durch das mühsame Versteckspiel, hörte er nun Norma von ihrer Arbeit für die Kulturabteilung der *Generalitat* sprechen, von einer Untersuchung über Sprache und Immigration in Katalonien, die von der Oberabteilung für Sprachpolitik durchgeführt wurde.

Ihre Stimme klang sanft, näselnd, und sie erinnerte ihn an sonnenbeschienene Blumen, an das sommerliche Summen über dem großen, verwilderten Garten der Villa Valentí ... Vormittags, so erzählte sie jetzt Mireia, ging Norma in die Büros des Palau Marc in die Calle Mallorca, wo sie sich hin und wieder damit amüsierte, die telefonischen Anfragen der *charnegos* wegen der laufenden Kampagne zur linguistischen Normierung entgegenzunehmen.

Er streifte den Schuh wieder über Normas Fuß, den er, solange wie irgend möglich, befummelte, und stellte ihn dann auf die Kiste. Ribas, der ihn in diesem Moment verträumt dort hocken sah, beugte sich zu Norma hinüber und flüsterte ihr ins Ohr:

„Dein Quasimodo schläft über deinem hübschen Fuß ein!"

Der Schuhputzer hatte den Kopf auf seine Brust sinken lassen, und seine cremeverschmierten Hände schwebten unbeweglich neben Normas Fußknöcheln, so als wüßten sie nicht, was sie machen sollten. Einige Sekunden lang war er vollkommen gelähmt. Dann fuhr er in aller Ruhe mit seiner Arbeit fort und stieß mit einer Stimme, die nicht die seine war, hervor:

„Bin in Nullkommanix fertich, Señora."

Norma drängte ihn weder, noch sagte sie etwas. Ihre Augen hinter den Brillengläsern schienen wieder weit weg, in sich selbst versunken. Tassis klärte Mireia gerade ironisch über Einzelheiten von Normas Tätigkeit in der Soziolinguisten-Crew auf.

„Das ist sehr kompliziert, mußt du wissen. Norma wertet die öffentlichen Umfragen aus und erforscht die … Sprechakte. Sie untersucht die Reibungen der katalanischen mit der kastilischen Sprache, sowohl im individuellen als auch im sozialen Bereich. Jenen Punkt also, an dem sich die beiden Sprachen aneinander reiben …"

„Das heißt", warf Ribas ein, „die beiden Sprachen bei ihrem lebendigen, hitzigen Kontakt mit dem Individuum."

„Du bist ein Blödmann", sagte Norma lachend.

„Lach nur, soviel du willst", sagte Totón Fontán. „Aber die idiotische Normierung des Katalanischen hängt mir so langsam zum Hals raus."

„Dann mach dich schon mal auf einiges gefaßt, du armer alter Kastilier", sagte Ribas. „Du wirst wahre Wunder erleben."

Totón bat den Kellner um die Rechnung, und Georgina meinte, es sei langsam Zeit zum Aufbruch, da weder die Bagués noch Valls Verdú kämen. Da spürte Norma etwas Schweres, Warmes auf ihrem erhöhten Knie, und sie sah, daß der krumme Schuhputzer seine Stirn auf ihr Knie gelegt hatte und still vor sich hin weinte. Seine schlecht verborgene innere Erregung übertrug sich durch das Schluchzen von seiner Stirn auf das geliebte Hurenknie und teilte sich Normas Nervensträngen mit. Ihr erster Impuls war, das Knie zurückzuziehen, doch sie unterdrückte ihn. Die anderen hatten nichts bemerkt und plauderten weiter. Es schien, als würde der Schuhputzer im nächsten Augenblick zusammenbrechen. Sein gekrümmter Rücken wurde von Schluchzern geschüttelt, seine Arme hingen herunter, er hatte Bürste und Lederlappen fallenlassen, und seine Hände baumelten steif und verloren neben den cremeverschmierten Knöcheln. Norma reagierte immer noch nicht, ohne den Grund dafür zu verstehen, schloß die Augen und bewahrte hinter ihren Lidern das Bild des hängenden Kopfes mit dem Kraushaar, der auf ihrem glühenden Knie lastete. Schließlich öffnete sie wieder die Augen und berührte mit ihren Fingerspitzen die harten Locken.

„Sagen Sie, was ist mit Ihnen los?“

Jetzt sah sie die anderen hilfesuchend an. Aber sie zog weder ihren Fuß von der Kiste zurück noch ihr Knie von der gebeugten Stirn jenes Mannes, dessen ganzer Kummer zweifellos daher rührte, daß er seine Arbeit nicht zu ihrer Zufriedenheit erledigen konnte.

„Nehmen Sie sich’s nicht so zu Herzen, Sie machen das sehr gut ... Ach, Eudald!“ flehte sie Ribas an. „Sag doch etwas, bitte ...“

„Beruhigen Sie sich, Mann, so schlimm ist es auch wieder nicht“, sagte Ribas und stieß ihn sanft gegen die Schulter, damit er seine Stirn von Normas Knie löste, doch es war nichts zu machen.

„Wirklich, Sie sind ein ganz wunderbarer Schuhputzer", sagte Mireia Fontán zu ihm, wobei sie sich das Lachen verbeißen mußte.

„Und wie!" bekräftigte Tassis. „Diese grünen Nuttenschuhe haben noch nie so geglänzt."

Aber der Schuhputzer reagierte nicht. Er rieb seine Stirn und die schwarze Augenklappe an dem schönen Knie und schluchzte verzweifelt, die Hände um Normas Fuß in der Schwebe, so als fürchte er, ihn zu berühren. Ribas stieß ihn erneut an, aber auch jetzt kam keine Reaktion. Es sah aus, als klebe die Stirn an dem Knie.

„Das kommt von Ihrer Sturheit", sagte Ribas. „Warum müssen Sie auch unbedingt Schuhe putzen, wenn Sie's nicht können?"

„Das hat er uns doch schon erzählt, Eudald", warf Norma ihm vor. „Jetzt hör schon damit auf."

„Der ist nicht ganz dicht."

„Laß ihn in Ruhe und gib ihm etwas, ja?"

Sie überließ ihr Knie noch eine Weile der zitternden Stirn und näherte ihre Hände seinem Kopf, wagte aber nicht, ihn zu berühren. Ribas war versucht, dem neurasthenischen Schuhputzer einen dritten Stoß zu versetzen, entschied sich jedoch dafür, ihm ein 500-Pesetas-Stück zu geben.

„Da, nehmen Sie. Und kaufen Sie sich Kamfort, mein Freund, das wird Ihre Probleme vertreiben."

Zitternd hob Marés die cremeverschmierte Hand zu seinem immer noch gesenkten Kopf, nahm das Geld aber nicht. Er rückte das Gummiband der Augenklappe an seinem Hinterkopf zurecht, und dann stellte er mit der anderen Hand, die nicht weniger mit Schuhcreme verschmiert war, Normas Fuß von der Kiste auf den Boden, nahm Schuhcreme, Bürste und Lederlappen, verstaute alles in der Kiste, stand mit gesenktem Kopf auf und entwischte, ohne jemanden anzusehen, durch die Menge hindurch auf die Straße.

ZWEITER TEIL

Es gibt Zeiten, in denen man meint,
man sei in Stücke zerbrochen; und gleich-
zeitig sieht man sich mitten auf der
Straße stehen und die Stücke be-
trachten, während man sich fragt, ob
man sie wieder zusammensetzen könne
und welches Kunstwerk entstehen werde.

T. S. Elliot

1

In den verzweifelten Tagen, die auf die Posse im Café de la Opera folgten, verstärkten sich Marés' Erregung und Unruhe, und er verfluchte sich tausendmal, weil er vor Norma und ihren Freunden schwach geworden war und sich so schnell zu Tränen hatte rühren lassen. Er gab Serafín die Schuhputzkiste, die Perücke und die künstlichen Koteletten zurück, und eine graue, windige Woche lang arbeitete er viel auf der Plaza Real und am Portal de L'Angel, manchmal zusammen mit Cuxot, wobei sie sich an Regentagen in den Fußgängerpassagen der Metrostation Catalunya aufhielten. Täglich nahm er zweitausendfünfhundert bis dreitausend Pesetas ein, was beträchtlich unter dem Durchschnitt lag; doch das würde sich mit dem Beginn der Schönwetterperiode ändern.

Abends ging er früh zu Bett, konnte aber nicht schlafen. Er stand auf, goß sich einen Kognak ein und schaltete das Radio ein, um ein wenig Musik zu hören. Am Fenster stehend, betrachtete er mitten in der Nacht die doppelte Lichterschlange auf der Autobahn A-2 und die Neonbuchstaben der Fernsehstudios von TV-3, die ihren leuchtenden, trügerischen Staub zu den Sternen hinaufschickten, eine künstliche Sehnsucht. Die Welt und auch seine Wohnung in Walden 7 kamen ihm wie eine Falle vor: Die Plättchen, die nachts von der Fassadenverkleidung abfallen, lösen sich von meinem Hirn, dachte er, die Auffangnetze dort unten warten auf mich ... Er dachte an Norma und daran, wie er mit verzweifelter, wilder Entschlossenheit zu ihr gelangen könne.

Sicherlich aufgrund eines unbewußten Verlangens oder vielleicht auch einfach nur, weil er sich langweilte, zog er eines Samstagsabends den braunen Anzug mit den weißen Streifen und das rosa Hemd an, verpaßte sich vor dem Spiegel das Gesicht von Juan Faneca – schwarze Augenklappe, Koteletten, strahlend grüne Pupille und Kraushaarperücke –, trat auf den Flur „Ekstase“ hinaus und läutete an der Tür der Witwe Griselda, auf dem Gesicht ein schiefes, verschmitztes Grinsen.

„Hallo, Grise“, begrüßte er sie und kniff ihr ins Kinn.

Sie war soeben aus dem Kino, in dem sie arbeitete, nach Hause gekommen und hatte Wasser aufgesetzt, um sich einen Tee mit Zitrone zuzubereiten. Sie war stark erkältet und hatte etwas Fieber.

„Gib mir keinen Kuß, Tiger“, beeilte sie sich zu sagen, ohne daß er die geringste Absicht dazu gehabt hätte, „ich könnte dich anstecken.“

Sie hielt immer noch ihre strenge Diät ein, erzählte ihm, daß sie mehr als drei Kilo abgenommen habe. Dann bot sie ihm Tee an, und sie sprachen bekümmert über das launenhafte Schicksal bestimmter einsamer Menschen und über den langsamen, mysteriösen und unaufhaltsamen Verfall von Walden 7, einem zerrinnenden Traum. Plötzlich hatte er das Bedürfnis, von Joan Marés zu reden, dem Nachbarn auf demselben Flur, Tür B; sagte, daß sie von klein auf Freunde gewesen seien und es ihm leid tue, daß Joan so ein Leben führe, sein Freund sei ein sensibler, gebildeter Mann, der Pech im Leben gehabt habe und sich entwurzelt fühle ... Er entdeckte mit einemmal, daß es ihn moralisch aufrichtete, wenn er von dem Straßenmusiker und seinem Unglück wie von jemand anderem sprach. Er fragte Griselda, ob sie ihn kenne, worauf sie die Nase krauszog.

„Ehrlich gesagt, ich mag ihn nicht besonders“, gab sie widerwillig zu. „Ich find ihn widerlich, nicht weil er Straßenmusiker ist und immer so abgerissen rumläuft ... Aber er ist versoffen, ein Schwein, ein Mensch ohne Anstand und Würde. Ich mag nicht, wie er mich ansieht.“

„Du hast recht, Grise. Der arme Kerl sinkt immer tiefer, wälzt sich im Schmutz des Lebens, und alles nur, weil seine Frau ihm abgehauen ist. Er kann einem damit auf die Nerven gehen.“

„Ach, das wußte ich nicht! Der Ärmste!“ seufzte die Witwe. „Jedenfalls ist er ziemlich dreist. Und wie der immer rumläuft! Als ob er kein Zuhause hätte! Und weißt du, wieviel er mit seinem Akkordeon täglich verdient? Na, ’ne ganze Menge, ich weiß das von einem Freund von meinem Mann, der hat auch auf der Straße gespielt, Saxophon. Mit dem, was die Leute ihm gegeben haben, hat er dann ’ne Kneipe in Sants aufgemacht ...“

„Er arbeitet viel, der arme Teufel“, sagte er nachdenklich. „Weiß nicht, was er mit seinem Leben anfangen soll.“

„Tja, wenn er's nicht weiß ... Aber, na schön, wenn er dein Freund ist, werd ich ihn von nun an mit anderen Augen betrachten.“ Señora Griselda lächelte gutmütig, und ihr flinkes, fleischiges, rosiges Händchen umklammerte den Griff der Teekanne. „Noch etwas Tee, mein Tiger? Wie läuft's denn mit den Umfragen?“

„Ich arbeite nich mehr für die *Tscheneralitá*“, antwortete er lebhaft, wobei er seinen südlichen Akzent und die Lässigkeit des *charnego* wieder annahm. „Ich verbimmel jetz venezianische Jalousien. Iss 'n Bombengeschäft, Grise.“

Wenig später, der Maskerade überdrüssig, fühlte er sich von unsichtbaren Fäden hin- und hergezerrt wie eine Marionette, die er nicht mehr unter Kontrolle hatte, so daß er versucht war, seine Karten offenzulegen. Doch die Witwe behandelte ihn so liebevoll, so zärtlich, daß er plötzlich Mitleid mit allen dreien bekam, mit ihr und mit Faneca und mit sich selbst, und er stand auf und verabschiedete sich.

Aber anstatt in seine Wohnung zu gehen, fuhr er mit dem Lift ins Erdgeschoß hinunter und begab sich in die Cafeteria. Er setzte sich an die Theke und bestellte einen Wein und dann noch einen und dann noch zwei weitere. Er blieb dort, bis das Café geschlossen wurde, alleine, und versuchte sein Glück an einem Spielautomaten, aus dem eine phantasmagorische Musik ertönte, ein künstliches, sphärisch klingendes Lied. Er fühlte sich überraschenderweise getröstet, im Einklang mit seiner Selbsttäuschung und mit dem elektronisch-musikalischen Automaten, den er bediente, während eine unsichtbare Hand ihm freundschaftlich auf die Schulter klopfte und ihn ermunterte: Wenn du dich in den anderen verwandelst, ohne aufzuhören, du selbst zu sein, dann wirst du dich niemals mehr einsam fühlen.

2

In wachsendem Maße beschlich ihn das Gefühl, daß jemand anders als er ihn verdrängte und seine Handlungen bestimmte. Er spürte manchmal den Verlust physischer Kontrolle, einen Hang, seine Muskeln spielen zu lassen und anzugeben, eine innere Übereinstimmung mit einem anderen geistigen Rhythmus und bestimmten Tricks, die er bei sich nie gekannt hatte.

Eines Nachmittags Ende März an der Ecke Calle Portaferrisa und Calle del Pi beendete er sein Akkordeonspiel und trat in ein Lebensmittelgeschäft, wo er eine Flasche Weißwein aus dem Penedès verlangte. Er zahlte und ging hinaus, war aber noch keine zehn Meter weit gegangen, als er sich umdrehte und wieder zu dem Geschäft zurückging.

„Hörn Se ma“, sagte er mit der anderen, der lebhaften Stimme zu dem Inhaber, der ihn bedient hatte, „Se ham doch ebn diese Flasche ’nem armen Kerl mit ’m Akkordeon verkauft, oder?“

Der Mann musterte ihn mißtrauisch von oben bis unten.

„Ja, klar, Ihnen!“

„Iss das die Flasche?“ fragte Marés weiter.

„Sagen Sie mal, was soll der Scheiß?“

„Wissen Se, der Mann mit dem Akkordeon iss im

Moment knapp bei Kasse. Hab ihn eben draußen getroffen und ..."

„Lassen Sie mich mit dem Quatsch zufrieden! Raus!"

„Na ja", fuhr Marés fort, „er hat nix zum Öffnen, und ich auch nich. Leihn Se uns doch bitte 'n Korkenzieher."

„Verschwinden Sie!"

„Mensch, Se sind aber ganich nett, Mann!"

Er machte sich auf die Suche nach Cuxot, um mit ihm die Flasche zu leeren, fand ihn aber nicht. In der Calle Ferran blieb er vor dem Schaufenster der Buchhandlung Arrels stehen, angelockt von dem Titel eines dicken Romans auf katalanisch: *Sentiments i centimets*. Er ging hinein und kaufte das Buch, zusammen mit einem Wörterbuch Katalanisch-Kastilisch.

„Ma sehn, ob ich endlich katalanisch lesen lern, verdammt nochma", erklärte er der Buchhändlerin. „Bin nämlich 'n hoffnungsloser Analfabet, müssen Se wissen, Señora."

Auf den Ramblas kündigte sich bereits der Frühling an, und der Geruch nach Schnittblumen und nach leicht fauligem Wasser erregte ihn. Er kaufte einen Strauß roter Nelken, den er später vor Señora Griseldas Tür legte, zusammen mit einem Zettel: „Für Grise mit herzlichem Gruß von ihrem Faneca."

An einem Samstagnachmittag Ende April, als er gegenüber dem Liceo spielte, machte er wieder einmal eine Pause, um in ein Schuhgeschäft zu gehen. Er kaufte sich braunweiße, spitze Schuhe mit ziemlich hohem Absatz. Danach betrat er ein Geschäft in der Calle Hospital, das Haarteile und Perücken für Damen und Herren verkaufte. Dort ließ er sich verschiedene Perücken zeigen, aber keine gefiel ihm besser als die, die bereits bei ihm zu Hause lag. Er suchte sich schwarze Koteletten und einen schmalen Schnäuzer aus und steckte sich probeweise Gummiknorpel in die Nasenhöhlen, um die Form seiner Nase zu verändern. Außerdem erstand er Klebstoff, Farbstifte und eine Pinzette sowie Schminkutensilien. Die Rechnung belief sich auf neuntausend Pesetas, was ihm sehr teuer erschien. Er ließ sich die Ware zurücklegen und ging zur Bank, um Geld abzuheben.

Am Morgen des folgenden Tages, eines Sonntags, spielte er auf der Plaza Real. Er wartete auf Cuxot und Serafín, doch sie kamen nicht. Es war ein grauer Tag, und hin und wieder nieselte es. Auf dem Platz war nicht viel los, nur die Penner und die marokkanischen und schwarzen Dealer lungerten wie gewöhnlich unter den Kolonnaden herum. Marés dachte schon daran, nach Hause zu gehen, als ihn eine plötzliche Traurigkeit überfiel, und sogleich packte ihn ein Gefühl von Angst und Verlassenheit. Da entschloß er sich. Er steckte die Tageseinnahme ein, schulterte sein Akkordeon und machte sich auf die Suche nach einer Telefonzelle. Als er den Hörer abnahm, fühlte er sich schon besser. Er wählte die Nummer und wartete, während dort in der Villa Valentí, in irgendeinem schlichten Raum mit Fenstern zum Park, vielleicht in

Normas geräumigem Schlafzimmer, wo sie im Bett frühstückte und die Zeitung las, das Telefon läutete.

„Ja, bitte?"

Mit verstellter Stimme sagte er:

„Señora de Marés, bitte."

„Wen möchte der Herr sprechen?" fragte die weibliche Stimme mit dem fremdartigen Akzent, wahrscheinlich die Haushälterin.

„Ich möchte mit Señora Norma Valentí sprechen."

„Wer ist am Apparat, bitte?"

„Die Señora kennt mich nich. Sagen Se ihr, ich soll ihr was von ihrm Mann ausrichten."

„Einen Augenblick, bitte."

Es vergingen fast zwei Minuten. Marés räusperte sich und stellte sich in Gedanken auf die imitierte *charnego*-Stimme ein.

„Ja, bitte!"

„Señora Norma Valentí? Mein Name ist Juan Faneca, ich bin 'n Freund von Ihrm Mann ... 'tschuldigen Se die Störung, Señora. Der Grund, weshalb ich anruf, iss ... weil ich nämlich mit Ihnen reden muß."

„Mit mir? Worum geht es?"

„Das iss 'n bißchen kompliziert. Würd ich Ihnen lieber persönlich erzählen, nich am Telefon. Sie werden sehn. Ich muß mit Ihnen über Joan Marés sprechen ..."

„Ist ihm etwas passiert?"

„Der schnappt so langsam über, fürcht ich, Señora."

„Wieso?"

„Sie wissen Bescheid, was für'n Leben er führt, nehm ich an?"

„So ungefähr."

Norma schwieg, obwohl die Neugier sie gepackt hatte. Marés wartete noch einen Moment, dann sagte er:

„Also wirklich, kaum zu glauben, wolln Se nich wissen, wie's ihm geht?" Und mit gespielt brüchiger Stimme fügte er hinzu: „Iss Ihnen das egal, was mit dem armen Kerl los iss? Interessiern Se sich denn kein bißchen für das Leben des Mannes, der durch 'ne unglückliche Liebe 'ne ehrliche Familie und seinen Verstand verloren hat und sich jetz mit Akkordeonspielen auf 'n Straßen von Barcelona durchschlägt?"

„Ja, schon, aber ich weiß nicht, was ich tun könnte ..."

„Was sind die Fraun doch für undankbare Geschöpfe! Echt!"

„Joan wohnt immer noch in Walden 7, nehme ich an?"

„Ja, aber die Wohnung gehört Ihnen."

„Ach so, darum geht es! Sagen Sie ihm, er braucht keine Angst zu haben, ich will ihn nicht hinauswerfen. Ich habe versprochen, ihm die Wohnung zu überlassen, solange er nicht weiß, wohin. Ich wüßte nicht, was ich sonst noch ..."

„Wenigstens könnten Se'm Freund von ihm zuhörn."

„Dagegen hab ich auch nichts, aber Joan möchte ich jedenfalls lieber nicht sehen."

„Das weiß er wohl, daß Sie ihn nich sehn wolln. Ich würd alleine kommen."

„Aber was genau will er denn eigentlich?"

„Er würd gern was wiederhabn, das er damals in der Villa Valentí gelassen hat ... Es geht um'n Album mit bunten Bildchen, *Die Trommeln des Fu-Man-Chu*. Die hat er als kleiner Junge gesammelt, und die hab'n ideellen Wert für ihn. Erinnern Se sich an das Album?"

„Ich glaube mich daran zu erinnern, daß er es zusammen mit einem Haufen Büchern mitgenommen hat, als wir nach Walden 7 gezogen sind ..."

„Joan sagt, nein, es wär in Ihrer Villa geblieben."

„Dann werden es inzwischen die Motten zerfressen haben. Ich hab nicht die geringste Ahnung, wo es sein könnte."

„Er meint, Sie solln es unten in den Bücherschränken der Biblotek suchen, wo Ihr Onkel die Karten aufbewahrt hat."

Norma seufzte.

„Na schön, ich werd nachsehen."

„Dafür gibt er Ihnen was, was Sie intressiern wird."

„Mich interessieren?"

„'ne Überraschung, Mensch! Könn Se als 'n ganz spezielles Geschenk von Joan betrachten. Wird Ihnen gefalln, Sie werdn schon sehn. Wann hättn Se Zeit für mich?"

Er hörte Norma seufzen, und das Herz blieb ihm stehen. Nach ein paar Sekunden fragte sie:

„Ist es denn so wichtig?“

„Geht um Leben oder Tod, Señora.“

„Na, so schlimm wird’s wohl nicht sein … Ich verreise nämlich und komme erst nächsten Monat wieder zurück. Warten Sie, ich schau mal schnell in meinem Kalender nach …“ Sie sagte eine Weile nichts, und er sog ihre ruhigen Atemzüge in sich auf, das leichte Pochen ihres schönen Mundes an der Sprechmuschel. „Ja, das geht. Kommen Sie am 13. Mai, einem Freitag, gegen acht Uhr abends. Einverstanden?“

„Zu Ihnen nach Hause, in die Villa Valentí?“

„Ja, Joan wird Ihnen sagen, wo es ist. Adiós.“

„Ich kenn die Villa, Señora, iss aber schon ’ne Ewigkeit her, daß ich nich mehr in der Gegend war … Also dann, machen Se’s gut. Und ’ne glückliche Reise …“

Aber Norma hatte schon aufgelegt.

3

Drittes Heft

Der Goldfisch

In der Avinguda Mare de Déu de Montserrat liegt, hinter dichten Tannen und Pinien versteckt und durch ein endlos langes schmiedeeisernes Gitter von der Straße getrennt, eine Jugendstilvilla mit goldenen Kuppeln. Wir befinden uns im Jahre 1943, du bist noch nicht geboren, meine Geliebte; an den langen Abenden jenes fernen Sommers glänzen die Kuppeln golden, unsere zerlumpte Straßenbande, Faneca und ich an der Spitze, streicht um die prachtvolle Villa herum, und wir denken uns Abenteuergeschichten aus.

Ich spreche von der Villa Valentí, dem Paradies, das mir vorherbestimmt war, verzeih meinen Anspruch, und in das du vier Jahre später hineingeboren werden solltest. Heute noch prunkt die Villa wie damals, in dem Viertel und in meiner Erinnerung. An dem imposanten schmiedeeisernen Tor lauert ein geflügelter Drache und zertritt schwarze Lilien. Im Maul des Drachen steckt eine verfaulte Mandarine, aufgespießt auf der stilettscharfen Zunge, eine richtige Mandarine. Wer sie wohl dort aufgespießt hat? Ich habe

Hunger, ich werde sie essen, sage ich zu Faneca. Eine Hälfte der Mandarine sieht gut und saftig aus, und Faneca will sie ebenfalls haben. Wir knobeln mit Steinchen um sie, und Faneca gewinnt. Ich erinnere mich noch, so als wäre es heute, an den strahlenden Sonntag, an dem ich zum ersten Mal den Garten der Villa betrat. Nicht wie ein Eindringling, sondern als Gast.

Aber alles begann am Tag davor, einem Samstag. Ich sehe wieder die Jungen des Viertels vor mir, wie sie wütend an dem Gitter hängen und Eukalyptusblätter von den unter der Last der kupferfarbenen, dolchartigen Herbstblätter tiefhängenden Zweigen klauen. David, Jaime, Roca, Faneca. Man ist sich nicht einig darüber, wie man den Nachmittag verbringen soll: den Parque Güell und die Montaña Pelada zu durchstreifen oder mit dem Rollbrett durch die Straßen zu sausen. David ist dafür, daß wir uns in die Küche der Pension Ynes schleichen und schauen, ob uns die Señora Lola etwas zu essen gibt, und plötzlich laufen alle fort, und Faneca und ich bleiben zurück mit unserem Rollbrett, einem richtigen Rennwagen: ein Brett mit vier Rädern, das mit einem Strick gelenkt wird, und mit alten Schuhsohlen zum Bremsen.

Kühn lenke ich den Rennwagen, nicht sitzend, sondern in mich selbst verschlungen, verrenkt, ein Durcheinander von Armen und Beinen, in die „Rauchende Spinne“ verwandelt zum Schrecken der Fußgänger. Faneca steht hinter mir auf dem Brett, hält sich fest, so gut er kann, die geschlossenen Augen im Wind, und stößt unseren Schlachtruf aus: „Kaufe Kaniiiiiiiinchenfeeeeelle ...!", den Ruf der Lumpensammler, die durch die Stadtviertel ziehen und Altpapier, Lumpen, Flaschen und Kaninchenfelle kaufen. Lange Zeit war unsere Bande mit dem Rollbrett die Calle Sardenya vom Monte Carmelo zur Sagrada Familia hinuntergerast; in diesem Sommer jedoch entdeckten wir die Avinguda Mare de Déu de Montserrat in Richtung Horta. Die Strecke hat mehr Kurven und ist aufregender. Kurz vor der Calle Caragena gibt es eine S-Kurve, und gleich dahinter beginnt auf der rechten Seite das endlose Gitter der Villa Valentí, das am Bürgersteig entlangläuft und den dichtbewachsenen Park abschirmt. Die goldenen Kuppeln überragen die Bäume, und auf einer Seite, in einem tiefergelegenen, trockenen, ausgedörrten Gartenstück, steht immer noch ein alter Pavillon, der mit schmiedeeisernen Masken verziert ist. Häufig, wenn Faneca und ich mit dem Rollbrett auf den Schultern die Straße hinaufgingen, blieben wir vor dem Gitter stehen, um zwischen dem Grün der Tannen hindurch die schiefergraue Fassade der Villa und die riesigen Keramiktöpfe um den Teich zu beobachten.

„Irgendwann", sagte Faneca bei solch einer Gelegenheit, „werde ich in den Park gehen und in dem Teich baden."

„Du spinnst, Junge", erwiderte ich.

„Sieht so aus, als würde niemand in der Villa wohnen. Nie läßt sich jemand blicken."

„Davon darf man sich nicht täuschen lassen. Die Reichen leben nämlich sehr zurückgezogen."

Doch an diesem Samstagnachmittag steht das Gartentor offen, und ein schlanker Mann in weißem Anzug und mit weißen Schuhen beobachtet vom Tor aus die schwindelerregende Schußfahrt des Rollbretts, auf dem die beiden Jungen die Straße hinuntersausen. Vor allem beobachtet er den kleinen Akrobaten, der den selbstgebauten Rennwagen rücklings lenkt, den in sich selbst verschlungenen Tarantel-Jungen mit der Zigarette im Mund, die nackten Füße hinter dem Kopf verschränkt.

„Weeeeeeg frei! Wir kooooommen!"

Einige Fußgänger stehen auf dem Bürgersteig und beobachten mit offenem Mund ebenfalls unsere wilde Fahrt. Das Rollbrett nimmt die zweite Kurve der Calle Cartagena etwas zu weit, seine Räder streifen die Bordsteinkante, ich verliere die Kontrolle, und wir kippen vor dem Gartentor der Villa Valentí um, genau vor die Füße des Mannes mit dem weißen Anzug. Durch den Sturz wird meine berühmte „Rauchende Spinne" zerstört; aber als ich feststelle, daß ich mir nicht weh getan habe, verwandle ich mich sogleich wieder in sie und hebe die Kippe auf. Verrenkt und rauchend hocke ich da, fluche vor mich hin und warte auf Faneca, der ein paar Meter vorher vom Brett gefallen ist und sich das schmerzende Knie hält. Da nähern sich Schritte über dem Bürgersteig, neben mir tauchen die glänzend weißen Schuhe auf, und ich höre die besorgte Stimme des Mannes:

„Hast du dir weh getan, mein Junge?"

„Nein, Señor", antworte ich und bewege mich seitwärts wie ein Krebs.

„Wo hast du gelernt, dich so zu verrenken? Arbeitest du beim Zirkus?"

„Ein Freund meiner Mutter hat's mir beigebracht."

Bevor ich weiter erzähle, muß ich einige Dinge erklären. Der Mann in dem weißen Anzug sprach mich auf kastilisch an, da er mich auf kastilisch hatte fluchen hören. Er war Katalane. Ich auch, aber alle meine Freunde, die Jungen unserer Straßenbande, waren *charnegos* – allen voran Faneca, der aus einem Dorf bei Granada stammte und mit einem so starken andalusischen Akzent sprach, daß man ihn nicht verstand –, und mit ihnen verständigte ich mich in ihrer Sprache. Mein kahlrasierter Schädel und mein zerlumptes Aussehen taten ein übriges: Der elegante Herr hielt mich für einen kleinen *charnego*, einen von vielen, die damals das Stadtviertel unsicher machten. Und außerdem war es ihm ganz recht, daß es sich so verhielt, was ich sogleich erfahren sollte:

„Genauso jemanden wie dich brauche ich ... Und die Zigarette hältst du mit den Füßen. Erstaunlich!"

„Ja, Señor. Ich kann auch mit den Füßen Mundharmonika spielen."

„Donnerwetter! Wie alt bist du?"

„Zehn."

Nach und nach falte ich mich auseinander, und dann hocke ich in normaler Stellung vor ihm. Faneca kommt hinzu und setzt sich neben mich, wobei er sein schmerzendes Knie reibt. Der Mann in dem weißen Anzug sieht mich fasziniert an. Er ist sehr groß und hat dichtes, weißes Haar und ein freundliches Gesicht. Er denkt eine Weile nach und sagt:

„Woher kommst du, mein Junge?"

„Ich wohne oben auf der Calle Verdi."

„Wie heißt du?"

„Juan."

„Willst du dir einen Fünfer verdienen?"

„Was muß ich dafür machen?"

„Genau das, was du gerade gemacht hast. Aber ohne zu rauchen. Komm morgen nachmittag um fünf zu mir, dann erklär ich's dir."

„Hierher?"

„Du gehst direkt ins Haus und fragst nach Señor Valentí. Das bin ich. Und noch etwas ..." Er holt aus seiner Jackentasche ein zusammengefaltetes Stück Papier, auf dem etwas mit der Maschine geschrieben steht. „Das ist ein Gedicht auf katalanisch. Ich möchte, daß du es bis morgen auswendig lernst. Du sprichst doch ein bißchen katalanisch, nehme ich an ..."

„Ein bißchen, ja, aber ziemlich schlecht."

Ich täusche Unbeholfenheit vor.

„Das macht nichts. Hier, nimm ..." Er gibt mir den Zettel. „Du kannst es bestimmt auswendig lernen, es ist ganz kurz."

„Ja, Señor."

Und noch viel mehr, denke ich, für fünf Pesetas.

Am nächsten Tag, einem Sonntag, lange vor der vereinbarten Uhrzeit, bin ich bereits fertig. Faneca will mich begleiten, aber zum ersten Mal im Leben schlage ich ihm etwas ab. Geh nicht alleine, verdammt, ist viel zu gefährlich für dich, sagt er. Wieso gefährlich, Blödmann, erwidere ich, ich verdien mir ’n Fünfer.

Ordentlich gewaschen und gekämmt, bekleidet mit meiner besten Hose und einem sauberen Hemd, gehe ich um fünf durch das Gartentor und betrete das Anwesen der Villa Valentí, wie jemand, der in einem Traum versinkt. Ein Kiesweg führt zu dem belebten Mittelpunkt des Parks, einem gepflegten Gartenstück mit dem grünlichen Teich und der Villa mit ihrem schlanken, hohen Portalvorbau. In der Luft hängt der süßliche Geruch nach modrigem Laub, das auf den Blumenbeeten liegt. Vor der Villa stehen ein paar Autos, im Garten schlendern, von Kindern und Hunden umringt, mehrere Gäste in Hemdsärmeln umher; sie reden katalanisch miteinander und benehmen sich sehr familiär. Stühle und Bänke werden aus einem Gartenhäuschen zur großen, halbkreisförmigen Loggia auf die Rückseite der Villa geschleppt, wo sehr lebhafte Damen eifrig ein Bühnenbild mit Vorhängen und Möbelstücken improvisieren. Es werden insgesamt wohl rund zwanzig Personen dort sein, die Kinder nicht mitgezählt. Aus Lautsprechern ertönen katalanische Volkslieder, gesungen von dem Tenor Emili Vendrell. „Rosó, Rosó, *llum de la meva vida*, Licht meines Lebens …“

Ich gehe zu einem Mann, der auf einem Stuhl steht

und elektrische Kabel verlegt, und frage ihn nach Don Víctor Valentí. Der Mann sagt, daß er in der Bibliothek sei und probe. In der Hand halte ich den Zettel mit dem Gedicht, das ich auswendig gelernt habe. Bevor ich zu der Bibliothek im ersten Stock gelange, stapfe ich fast durch die gesamte Villa und kann mir alles ansehen: die hohen Bögen, die polierten Möbel, die Fenstertüren, das schwenkbare Fenstergitter, die Kacheln in der weitläufigen Vorhalle, die ein Mosaik mit dem Bildnis von Sant Jordi formen, und vor allem die Decke im Salon, ein phantastisches *trencadís*, ein Mosaik aus weißer Keramik.

„Ach! Da kommt ja endlich meine Tarantel aus Murcia!“ ruft Señor Valentí, als er mich in die Bibliothek eintreten sieht. „Werd nicht gleich böse, das war nur ein Scherz. Komm, setz dich noch einen Moment hierher.“

Er trägt nicht den weißen Anzug, sondern ist wie ein Edelmann aus dem Mittelalter gekleidet, er hält ein Schulheft geöffnet in der Hand und gibt vier Mädchen, die lange Haare und lange Tuniken tragen, Anweisungen. Drei Männer, die wie er gekleidet sind, gehen in der Bibliothek auf und ab und rezitieren Verse, jeder für sich. Es herrscht Hochbetrieb, ein halbes Dutzend Männer setzen sich Perücken auf und kleben sich Bärte an, ein Chor von Mädchen probiert Haarreifen und Halsketten aus Blumen an. Hinter zwei Wandschirmen befindet sich die Garderobe, und auf einem langen Tisch liegen Kleidungsstücke, Schwerter, Perücken, falsche Bärte und Schminkutensilien.

Ich verstehe überhaupt nicht, was hier vorgeht und was ich hier soll, aber ich habe keine Angst. Erst Jahre später werde ich das Ganze vollkommen begreifen. In einer Zeit, da Sprache und Kultur Kataloniens vom Franquismus brutal unterdrückt werden und das katalanische Theater verboten ist, werden in der Villa Valentí sowie in einigen Wohnungen der gebildeten Bürgerschicht des *Eixample* von Laien heimlich Theatervorstellungen gegeben. Diese poetischen Veranstaltungen werden von einer Handvoll sprachverwundeter patriotischer Enthusiasten organisiert, führender katalanischer Nationalisten, die auch im Finanz- und Schulwesen, in Industrie und Handel für ihre Sache kämpfen, wobei sie von ihren Familien und Freunden unterstützt werden. Es sind liebenswerte Menschen, die ein eigenartiges Glücksgefühl vermitteln – so jedenfalls empfinde ich es mit meinen zehn Jahren –, es wirkt wie ein Ritual in Katakomben, mit viel Glauben und wenig Mitteln erarbeitet, eine Form, das heilige Feuer der nationalen Sprache und Identität am Leben zu halten. Theatervorstellungen und literarische Veranstaltungen sind in Wirklichkeit *vetllades patriòtiques*, patriotische Zusammenkünfte, bei denen eine Atmosphäre wie auf einem fröhlichen Familienfest herrscht, einem Fest von Betroffenen. Víctor Valentí, der Herr des Hauses, fungiert als Autor und Theaterregisseur und übernimmt selbst eine kleine Rolle in dem Stück. Es handelt sich um ein historisches Werk, das während der Maurenherrschaft im 10. Jahrhundert in der Gegend von

Anoia spielt, im mohammedanisch-christlichen Grenzgebiet, das von tapferen, im Kampf gegen die Mauren erprobten Leuten bewohnt wird. Die dichterische Freiheit erlaubt es Señor Valentí, den Heiligen Georg in den historischen Rahmen einzuführen, Sant Jordi, der die Spinne tötet, und an dieser Stelle trete ich auf den Plan, der Krebs-Junge.

Als Señor Valentí mit seinen Schauspielern zu Ende geprobt hat, gibt er mir eine schwarze Strumpfhose und ein schwarzes Hemd mit langen Ärmeln und zeigt auf einen Wandschirm: „Zieh dich dahinter um." Hemd und Hose sind elastisch und sitzen sehr eng, und als ich hinter dem Wandschirm hervortrete, dünn und linkisch, sehe ich tatsächlich wie eine Spinne aus. Die Verkleidung wird durch ein schwarzes Tuch vor meinem Gesicht, mit zwei Löchern für die Augen, und schwarze Handschuhe vervollständigt. Ich sehe in den Spiegel und bekomme beinahe Angst vor mir selbst. Señor Valentí befiehlt mir, mich in einen gepolsterten Lehnsessel zu setzen.

„Hast du das Gedicht auswendig gelernt?"

„Ja, Señor."

„Los, laß hören."

Ich sage es fehlerfrei auf, mit einem leichten *charnego*-Akzent, der mir ausgezeichnet gelingt. Señor Valentí macht ein paar Bemerkungen darüber, wie ich bestimmte Wörter betonen und wann ich Pausen einhalten muß. Dann sagt er:

„Mach dir wegen deines andalusischen Akzents keine Sorgen, man soll ihn ruhig heraushören; genau so hatte ich's mir vorgestellt. Gut, du bleibst jetzt hier sitzen, bis ich dich hole. Gleich beginnt die Vorstellung. Was du zu tun hast, ist ganz einfach: Guillem de Mediona und Sant Jordi, zwei Personen des Stückes, diese beiden …" – er zeigte auf zwei Schauspieler – „… werden dich während eines Festbanketts auf einem großen Silbertablett in den Saal tragen, du wirst zusammengerollt auf dem Tablett hocken, wie ein Akrobat, mit verdrehten Armen und Beinen, verwandelt in eine Spinne. Je mehr du deine Glieder verrenkst, desto besser. Alles, was du mit deinem Körper machen kannst: einem Ungeziefer so ähnlich wie möglich. Du mußt dir nämlich vorstellen, daß du die Spinne bist, die Sant Jordi töten wird, verstehst du?"

„Ja, Señor."

„Du sollst dasselbe machen wie gestern nachmittag auf deinem Brett mit den Rollen."

„Ja, Señor."

„Die beiden werden das Tablett auf den Tisch stellen, und dann sollst du dich seitlich bewegen, wie ein Krebs, den Kopf zwischen den Beinen. Und dann, wenn die Musik aussetzt, streckst du dich, stellst dich mitten auf den Tisch, herausfordernd, breitbeinig, die Arme vor der Brust verschränkt, und sagst das kleine Gedicht auf, das du auswendig gelernt hast. Ich werde ganz in der Nähe stehen und dir ein Zeichen geben. Das ist schon alles. Wirst du das schaffen? Wirst du dich an alles erinnern?"

„Ja, Señor."

„Wenn alles gut klappt, bekommst du etwas Schönes von mir geschenkt."

Ich sitze zwei Stunden lang wie festgenagelt in der Bibliothek in dem Sessel mit der hohen Lehne. Um mich herum herrscht geschäftiges Treiben. Ich habe Hunger, mein Magen knurrt wieder. Auf der großen Loggia hat die Theatervorstellung begonnen, und von Zeit zu Zeit kommen die Schauspieler hereingeeilt, eilen wieder zurück auf die Bühne, man hört Applaus und die Stimme von Señor Valentí, der Anweisungen gibt. Zum Zeitvertreib übe ich in meinem Sessel verschiedene Stellungen, und dabei schlafe ich ein. Ein sanfter Backenstreich von Señor Valentí und seine Stimme wecken mich: „Wach auf, Kleiner, du bist gleich dran." Neben mir steht ein Tischchen mit Büchern, bunten Holzfiguren und einem kleinen Aquarium, in dem ein Goldfisch wild zuckend herumschwimmt. Im Wasser glitzert ein Sonnenstrahl, es sieht aus, als würde der Goldfisch in einer Feuersbrunst um sein Leben zappeln. Das Gesicht gegen das Glas des Aquariums gepreßt, beobachte ich die neurotischen Bewegungen des Fisches im Wasser, bis mich eine Schauspielerin holt und hinter die Bühne zu Señor Valentí bringt.

„Bist du bereit?"

„Ja, Señor."

„Merk dir eins: Es ist nicht schlimm, daß man deinen Akzent heraushört. Im Gegenteil, je mehr *charnego*-Akzent, desto besser."

„Ja, Zeñor", lispele ich.

Hinter dem Theatervorhang verborgen, spähe ich ins Publikum. Die Kinder sitzen vor der ersten Reihe auf dem Boden. Es herrscht ehrfürchtige Stille, die rote Abendsonne setzt die Fensterscheiben der Loggia in Brand, und die emphatisch vorgetragenen katalanischen Dialoge des Stückes klingen wie gereimte Sprichwörter, sie scheinen aus einer anderen Zeit, aus einem anderen Land zu stammen, von anderen Sorgen zu erzählen. Das Bühnenbild besteht aus einem kargen Raum mit einem langen Tisch, an dem zwölf christliche Ritter ein Festbankett veranstalten, und von der Decke strahlt ein großer Kupferleuchter mit vielen Glühbirnen, die flammende Kerzen darstellen sollen. Die Vorstellung geht auf ihr Ende zu, und über dem Garten, hinter den Fenstertüren, schwebt das Abendrot. Plötzlich, bevor ich auf die Bühne gebracht werden kann, gehen die Lichter aus, und die Vorstellung muß wegen Stromausfall unterbrochen werden. Kerzen werden herbeigebracht, und um die Wartezeit auszufüllen, rezitiert jemand katalanische Verse. Der Tag geht langsam zur Neige, und alles wirkt sehr stimmungsvoll in dem gespenstischen Licht der Kerzen; die Gedichte sind wunderschön traurig, und den Erwachsenen stehen Tränen in den Augen, und die Kinder schweigen ehrfurchtsvoll. Dann werden Gebäck und süßer Wein und für die Kleinen Limonade serviert – ich bekomme Sprudel –, und als das Licht wieder angeht, wird die Vorstellung unter lebhaftem Beifall fortgesetzt.

Mein Auftritt als gefährliche andalusische Spinne

ist sehr kurz und versetzt das Publikum in Schrecken. Ich stelle mir den Anblick vor, den ich biete, als ich im Eilschritt auf dem großen Silbertablett hereingetragen werde: ein schwarzes Ungeziefer, das seine Glieder wie ein Krebs seitwärts bewegt, den Hintern oberhalb des Kopfes. Ich werde samt Tablett mitten auf den Tisch gestellt, und die illustren Tischgenossen, Ritter aus den reinsten Adelsgeschlechtern Kataloniens, denen auch das der Valentís, der Vorfahren des Hausherrn, angehört, erheben sich von ihren Stühlen und äußern sich verwundert und argwöhnisch über das anmaßende Verhalten des gefangenen Tieres, das fähig ist, seitwärts zwischen den Tellern und Kerzenleuchtern herumzuspazieren. Da entwirre ich auf ein Zeichen von Señor Valentí hin Arme und Beine, das monströse Wirrwarr entflechtet sich, und ich richte mich langsam auf, verschränke die Arme vor der Brust, und mit klarer, lauter Stimme und einem weichen andalusischen Akzent, den ich hervorragend beherrsche, rezitiere ich Sagarras Verse, die das Publikum erschaudern lassen sollen und die ich noch heute auswendig weiß:

Sant Jordi duu una rosa mig desclosa
pintada de vermell i de neguit.
Catalunya és el nom d'aquesta rosa
i Sant Jordi la porta sobre el pit.
La rosa li ha donat gaudis i penes
i ell se l'estima fins qui sap a on;

i amb ella té més sang a dins les venes
per poder vèncer tots els dracs del món.

Sankt Georg hat eine Rose, halb erblüht,
von roter Farbe aus Scham und Kummer.
Katalonien ist der Name jener Rose,
und Sankt Georg hält sie vor der Brust.
Freude hat die Rose ihm gebracht und Kummer,
und er schätzt sie über alle Maßen;
denn sie läßt mehr Blut durch seine Adern fließen,
um alle Drachen der Welt zu besiegen.

Der Theatervorhang schließt sich jäh vor mir, und ein Beifallssturm erhebt sich beim Ende des Stückes. In seiner Eigenschaft als Autor und Regisseur tritt Señor Valentí vor den Vorhang, zusammen mit den Schauspielern, und sogleich umarmen sich Publikum und Künstler herzlich und beglückwünschen sich gegenseitig. Ich stehe verlegen daneben; die Mädchen starren mich neugierig an, und ich nehme die Glückwünsche einiger gerührter, freundlicher Damen entgegen, doch auch sie lassen mich bald wieder links liegen. Ich ziehe mich um. Wieder werden süßer Wein und Gebäck im Garten serviert, und ich kann ein paar Kekse ergattern. Señor Valentí erzählt seinen Freunden, wie er den Spinnen-Jungen entdeckt hat, der auf seinem Rollbrett die Straße heruntergesaust kam und dabei wie ein vollendeter Akrobat die „Rauchende Spinne“ darstellte.

Als Señor Valentí mich kurz darauf wie abgemacht bezahlen will, bitte ich ihn darum, die fünf Pesetas gegen etwas anderes eintauschen zu dürfen.

„Gegen was denn?"

„Ich finde den Fisch so schön, den ich oben gesehen habe."

„Aber weißt du denn auch, wie man ihn versorgt? Er muß gefüttert werden ..."

„Ich finde ihn so schön."

Überrascht denkt Señor Valentí einen Augenblick nach. Dann lächelt er mich freundlich an und sagt:

„In Ordnung, du darfst das Aquarium mitnehmen."

„Vielen Dank, Señor."

Ich laufe nach oben, um mein Geschenk zu holen. Bevor ich weggehe, setze ich mich an den Rand des Teiches, der sich im Garten vor der Villa befindet. Das Aquarium auf den Knien, sitze ich lange da und betrachte den Goldfisch. Die Kinder spielen im Garten, und die jungen Paare schlendern umher und unterhalten sich gezwungen miteinander. Fledermäuse flattern über den Teich mit seinem trüben Wasser hinweg. Hin und wieder betrachte ich mein Spiegelbild in dem dunkelgrünen Wasser, ohne mich zu sehen.

Die Abenddämmerung ist zum Stillstand gekommen, es scheint, als würde die Nacht niemals hereinbrechen. Plötzlich gehen alle Lichter in der Villa an, sie sieht aus wie ein Schloß, in dem ein Feuerwerk stattfindet, und aus der Pergola und der Rosenlaube auf der anderen Seite des Teiches, wo die Erwachsenen umhergehen und die Kinder herumlaufen, dringen traurige Lieder zu mir, beinahe ein Summen, schwermütige Stimmen, die ein verlorenes und herbeigesehntes süßes Vaterland besingen, flammende Rosen und erloschene Liebe, und ich schlinge die Arme um mein eigenes Leben, mein zukünftiges Glück, das Versprechen einer strahlenden Zukunft. Etwas sagt mir, als ich das heimliche, wohlklingende lyrische Gemurmel höre, daß ich nicht alleine bin und daß mir in diesem Leben nichts Böses widerfahren kann …

Um den Teich herum kommt ein gutgekleideter Junge auf mich zu. Er ist so alt wie ich, trägt gelbe Socken und hat die Hände in einer eleganten, hochmütigen Geste in den Hosentaschen vergraben. Er bleibt vor mir stehen und sagt mit einem Blick auf das Aquarium:

„Ist das ein Fisch?"

„Ja."

„Du hast ihn aus dem Teich geklaut."

„Señor Valentí hat ihn mir geschenkt. Es ist ein Goldfisch."

„Fische aus Gold gibt's gar nicht, du Blödmann!"

Sein eingebildetes Benehmen ärgert mich. Ich mustere seine freche Stupsnase und seine schön geschwungenen Lippen und spucke zwischen seine Füße.

„Zisch ab, Kleiner", sage ich.

„Das ist ein japanischer", bemerkt er. „Und weißt du was?"

„Was?“

„Die lassen sich mit der Hand fangen.“

„Fische lassen sich nicht mit der Hand fangen.“

„Doch! Ich zeig’s dir. Schau her.“

Ich presse das Aquarium immer noch gegen meine Brust. Der kleine Besserwisser taucht seine Hand ins Wasser, packt ohne weiteres meinen Fisch und holt ihn heraus, öffnet die Hand, damit ich ihn sehen kann. Da plötzlich zappelt der Fisch mit dem Schwanz, macht einen Satz und hopst fröhlich leuchtend im hohen Bogen über unsere Köpfe hinweg in den Teich und taucht in das trübe Wasser ein. Pfeilschnell, ohne eine Spur zu hinterlassen. Ich stoße den arroganten Jungen zur Seite, knie am Teichrand nieder und starre in das trübe Wasser, vielleicht sehe ich ja den Fisch vorüberflitzen oder kurz auftauchen. Nichts. Ich bewege das Wasser mit der Hand, ein verzweifelter Versuch, seine geheimnisvolle Spur zu streicheln. Vergebens, ich werde ihn nie mehr wiedersehen; ich hebe den Kopf, der beinahe platzt vor Wut, und stoße einen herzzerreißenden Schrei aus, Fanecas Schlachtruf, den unsere ganze Straßenbande als Parole übernommen hat:

„Kaufe Kaniiiiiiinchenfeeeeeelle ...!“

Als der unvorsichtige Junge diesen Schrei hört, flieht er entsetzt. Vor Wut wie gelähmt, voller Verzweiflung, stehe ich da und stelle mir vor, wie der Goldfisch auf dem trüben Grund des Teiches schwimmt, zwischen modrigen Moosflechten und geschmeidigen Algen. In diesem grünlichen, fauligen

Wasser, denke ich traurig, ist der Fisch zum Tode verurteilt …

Und so sehe ich mich heute immer noch, trotz der Zeit, die inzwischen vergangen ist, mich und den Fisch: ich über den Teich gebeugt, so als würde ich sein Wasser trinken, und der Fisch auf dem Grunde, wie er den Schlamm aufwühlt, dahingleitend über unvergänglichem Moos, sich für immer im Dunkeln verlierend.

4

An dem Tag, als er mit Norma verabredet war, einem Freitag, arbeitete Marés auf der Plaza del Pi von zehn bis zwei Uhr mittags. Um zwölf machte er eine Pause und ging auf den Markt La Boquería. Er kaufte einen Kopfsalat und zwei Rinderfilets, und dann ging er noch einmal in das Perückengeschäft in die Calle Hospital und erstand falsche Augenbrauen und Wimpern. Als er durch die Calle Cardenal zur Plaza del Pi zurückkehrte, verspürte er einen unerklärlichen Drang, etwas zu tun, an das er sich hinterher nicht mehr genau erinnern konnte: Er betrat eine Kneipe und kaufte ein Päckchen Ducados Internacional.

Später traf er Cuxot und Serafín, und sie tranken zusammen ein paar Glas Wein; essen wollte er jedoch nicht mit ihnen, und so ging er nach Hause. Dort aß er ein Filet mit Salat und machte eine Flasche Rioja auf. Danach zog er sich mit der Flasche ins Schlafzimmer zurück und schlief zwanzig Minuten. Er hätte gerne länger geschlafen, doch er war zu aufgeregt. Als er aufwachte, sah er die Ducados auf dem Nachttischchen liegen und wußte nicht mehr, wie und warum das Päckchen hierhergekommen war, da er selbst nicht rauchte.

„Los, an die Arbeit!" sagte er zu sich und rückte einen kleinen Schreibtisch vors Fenster, auf den er einen alten rechteckigen, rostigen, von zwei länglichen Flecken blinden Spiegel auf einen Stapel Bücher stellte. Daneben legte er sich die falschen Haarteile, die Wimpern und Brauen, die Schminkutensilien und den Klebstoff zurecht.

Er setzte sich vor den Schreibtisch und betrachtete eine Weile im Spiegel sein Gesicht, ein blasses, betrübtes Gesicht, verwüstet von den Jahren, der bitteren Erfahrung einer gescheiterten Liebe und der grausamen Flamme eines Molotowcocktails Tío Pepe. Wieviele ausgelöschte Dinge waren aus diesem Gesicht herauszulesen! Teilnahmslos sah er sein Spiegelbild an, betrachtete ohne Mitleid und ohne Trauer den ängstlichen, nichtssagenden Menschen, in den er sich verwandelt hatte. Völlig lustlos legte er seine Hände an den Kopf. Sein spärliches graues Haar wirkte wie abgestorben, eigentlich sah es nicht aus wie Haar, sondern eher wie eine vertrocknete Strohmatte. Das Feuer hatte seinen Gesichtsausdruck entstellt, indem es die Haut gestrafft hatte, unter der sich sein Schädel jetzt ungewöhnlich stark abzeichnete. Wie ein Dichter argwöhnte er, daß sich hinter dem Gesicht, das ihn ansah, niemand befinde.

„Auch wenn du dir keine Maske ankleben würdest", sagte er ohne Bitterkeit zu sich, „wer wäre in der Lage, dich wiederzuerkennen? Wer könnte dieses anonyme Stück Fleisch mit jenem adretten Habenichts, der mit Norma Valentí glücklich verheiratet war, in Verbindung bringen?"

„Niemand“, antwortete er mit der anderen Stimme, „du Blödmann.“

Nicht einmal sie würde ihn wiedererkennen. Abgesehen von den Folgen des Feuers in seinem Gesicht, waren ihm in den letzten drei Jahren fast alle Haare ausgefallen, hatte sich die Pigmentierung seiner Hände verändert; er war auf geheimnisvolle Weise kleiner geworden, seine Nase hatte sich nach unten gebogen, und seine Schultern hatten sich nach vorn gekrümmt. Seine untere Gesichtshälfte hatte sich immer mehr in die Länge gezogen und war schließlich eingefallen.

„Na schön, vergiß es! Ran an die Arbeit.“

Als erstes trug er mit einem feuchten Schwämmchen eine Grundschicht Schminke auf Gesicht und Ohren auf. Dann setzte er sich die schwarze Kraushaarperücke auf und klebte sich sorgfältig die Koteletten und den Schnäuzer an. Als nächstes begann er, an seinem Gesichtsausdruck zu arbeiten. Mit einer Pinzette zupfte er sich die Härchen an der Nasenwurzel aus, klebte die falschen Brauen an, deren Linien anders verliefen als die der sonst aufgemalten Brauen. Er setzte die grüne Kontaktlinse auf sein linkes Auge und bedeckte das rechte mit der schwarzen Augenklappe. Mit dem weißen Farbstift brachte er die Ringe unter den Augen zum Verschwinden, und mit dem braunen malte er den Schatten eines falschen Grübchens auf sein Kinn und teilte es so in zwei Hälften. Die Nasenflügel bemalte er mit dem weißen Stift, wodurch die Nase spitzer wirkte, während er die

Wangenknochen und die unteren Augenlider betonte. Seit er die Verbrennungen im Gesicht erlitten hatte, wuchsen ihm aus Nase und Ohren übermäßig lange Härchen, die er jetzt mit den Fingern ausriß. Am schwierigsten war es, sich mit dem Doppelkraft-Haftkleber die zehn Wimpern, Härchen für Härchen, an das linke Augenlid zu kleben. In der Gebrauchsanweisung las er, daß die Wimpern zwei Wochen haften blieben und man sich damit duschen könne.

Nach und nach erschien hinter dem rostfleckigen Schleier des Spiegels das erwünschte *charnego*-Gesicht, das ihn zuerst argwöhnisch, dann mit einem ironischen Grinsen ansah: ein abschätziges, arrogantes Zigeunergesicht, das eine Auge durch die schwarze Klappe verdeckt, das andere leuchtend grün; es war derselbe dreiste Kerl, der so unerwartet die Witwe Griselda verführt hatte, aber er wirkte doch sehr viel stilvoller, überzeugender. Die Gummiknorpel in den Nasenhöhlen verliehen ihm eine Adlernase, und in die Mundhöhlen stopfte er sich Wattekügelchen, um die Form seiner unteren Gesichtshälfte zu verändern.

„Das macht dich zu dick“, sagte er sich. „Schieb sie weiter nach oben, direkt unter die Wangenknochen ... Nein, so auch nicht.“

Er stellte fest, daß die Watte ihn beim Sprechen behinderte, und er entfernte sie. Verstohlen sah er in den Spiegel, so als erwarte er von seinem Gegenüber ein verabredetes Zeichen, und zwinkerte sich komplizenhaft heiter zu. Die Antwort war ein schiefes Grinsen, und der spöttische, verschlagene Ausdruck des grünen Auges, des einzigen, das ihm forschend zublinzelte, verstärkte sich. Er stand auf, um sich umzuziehen: ein weißes Hemd – sein rosafarbenes Lieblingshemd fand er nicht, es mußte in der Wäsche sein –, den braunen Anzug mit den weißen Streifen, die so breit waren, daß es aussah, als wären sie mit Kreide aufgemalt, die perlgraue Krawatte und die braunweißen Schuhe mit dem erhöhten Absatz. Dann begutachtete er sich von Kopf bis Fuß im Spiegel des Schlafzimmerschrankes. Es kam ihm vor, als stünde er einem Fremden gegenüber, und er fuhr erschreckt zurück. Er wirkte größer und schlanker, sein Rücken schien aufrechter, und seine Schultern hatten etwas Katzenhaftes, seine Wangen waren eingefallen und sein Gesichtsausdruck arrogant.

„Fabelhaft", sagte er mit Fanecas Stimme, und er machte ein paar Schritte vor dem Spiegel.

Er übte die brüchige Stimme ein, ohne seine Stimmbänder zu sehr zu strapazieren. „Sprechprobe", sagte er zum Spiegel, „eins, zwei, eins, zwei ... Sprechprobe für die betörende Charnegostimme, in die sich meine Frau verlieben soll."

Die Stimme beherrschte er, nun blieb noch als einziges sein Gang, der ihn verraten konnte. Die verbleibenden drei Stunden bis zu seinem Treffen mit Norma nutzte er dazu, eine andere Art zu gehen, einen anderen Rhythmus einzustudieren. Nach mehreren Versuchen, bei denen ihn die Anstrengung, seine Nervosität zu unterdrücken, viel Kraft kostete, schaffte er es, die Muskulatur in seinem linken Bein zu versteifen, ein leichtes Hinken, das automatisch einen anderen Gehrhythmus bewirkte, Schultern und Taille bewegten sich auf eine Art, wie er es zuvor noch nie bei sich gesehen hatte. Seine Körperhaltung veränderte sich mit einemmal, seine Gesten wurden abrupter, seine Reaktionen verzögerten sich.

Dann, als er beim Auf- und Abgehen seine Bewegungen vollkommen unter Kontrolle hatte, tat er zwei Dinge, die er nicht vorausgesehen, an die er niemals gedacht hatte und die er in Wirklichkeit gar nicht tun wollte, so als habe ein fremder Wille sich seiner bemächtigt: Er zündete sich eine Zigarette an – er, der nie geraucht hatte, außer als kleiner Junge – und tauschte die perlgraue Krawatte gegen eine viel auffallendere, eine granatrote mit schillerndem Muster, ein.

So stand er vor dem Spiegel, aufrecht und ein wenig im Profil, die rechte Hand in der Tasche des doppelreihigen Jacketts, die linke erhoben, mit der Zigarette zwischen den Fingern, und Faneca, der *charnego*, grinste ihn hinter den Rauchspiralen boshaft an.

5

Das Tor zum Park stand offen, als ob man ihn erwartete. Immer hatte er davon geträumt, in diesen Park zurückzukehren, aber nie hatte er sich vorstellen können, daß er ihn wie beim ersten Mal, als Kind, betreten würde: wie jemand, der in einen Traum eintaucht. Ein leichter Geruch nach Fäulnis und Feuchtigkeit, wie ein Nachgeschmack ferner Tage oder eben dieses Traumes, empfing ihn bei dem Teich mit dem trüben Wasser. Er blieb einen Augenblick lang am Rand stehen und dachte an den Goldfisch, den ihm das Schicksal damals wieder entrissen hatte.

Je näher der falsche Murcianer dem phantastischen roten Backsteinbau mit seinen drei wunderlichen, mit leuchtenden Keramikkacheln verkleideten maurischen Kuppeln kam, desto schneller zerfiel der Traum. In der Stille des Gartens konnte er hören, wie der Kies unter seinen Schuhen knirschte. Seine Schritte, die den Traum zerstörten, stimmten ihn traurig. Kopf hoch, Junge, sagte er zu sich, das ist doch nichts weiter als ein Spaß!

Ein Dienstmädchen mit asiatischen Gesichtszügen erwartete ihn an der geöffneten Haustür. Marés sagte mit schiefem Mund:

„Ich bin Juan Faneca. Die Señora hat mich herbestellt."

„Kommen Sie herein.“

Sie durchquerten die große Eingangshalle, und das philippinische Mädchen führte ihn in einen Raum im rechten Flügel der Villa, dessen Fenstertüren auf den Garten hinausgingen.

Das Mädchen sagte, die Señora komme sofort, und zog sich zurück. Marés ließ den Blick durch den Raum wandern und dachte an die beiden Tanten von Norma, die jetzt bestimmt schon älter als achtzig waren. In der Zeit, als er nach der Heirat hier gewohnt hatte, kaum drei Monate, war dieser Raum eine Festung der beiden verschrobenen und klatschsüchtigen alten Jungfern gewesen. Eine der beiden konnte Marés für sich gewinnen und zu seiner Komplizin machen; die andere jedoch hatte ihn nie ausstehen können.

Norma Valentí ließ sich Zeit. Sicher hat sie mich nicht erwartet, dachte er, sie wird unsere Verabredung vergessen haben. Er saß ganz steif auf dem Sesselrand, lauschte auf die Geräusche im Haus und versuchte, seine Nervosität zu unterdrücken. Diesen Sessel hatte er gewählt, weil zwischen ihm und der Stehlampe eine Topfpflanze stand, deren große Blätter das Licht abschirmten und Schatten warfen und hinter der er sein Gesicht verstecken konnte. Die ersten fünf Minuten werden entscheidend sein, sagte er sich. Wenn sie mich auf den ersten Blick nicht erkennt, habe ich eine Chance. Wenn sie mich aber erkennt, decke ich meine Karten auf, und damit hat sich's. Vielleicht amüsiert es sie, und wir lachen zusammen darüber …

Er stand auf und übte die neue Art zu gehen, wobei er ein wenig hinkte. Er spürte einen leichten Krampf im linken Bein, das ihm jetzt tatsächlich ein wenig weh tat. Er vertraute auf Fanecas Maske und auf Normas Kurzsichtigkeit. Was ihm jedoch am meisten Sorgen machte, war seine Stimme, und er bemühte sich wieder einmal, sie zu verstellen, während er im Zimmer auf und ab ging; er räusperte sich und modulierte sie in Gedanken, so wie ein Tenor vor dem Auftritt die richtige Stimmlage zu treffen versucht: den Kopf gesenkt, um die Resonanz im Inneren des Schädels zu spüren, das Stimmvolumen zu prüfen, das freie Ausatmen, die Unterstützung durch das Zwerchfell.

Endlich öffnete sich die Tür, und Norma Valentí trat ein, schlicht und elegant, eine Zigarette in der Hand, mit furchtsamen, hinter den dicken Brillengläsern wässrig verschwommenen Augen. Sie trug flache Schuhe, einen sehr engen, tabakbraunen Lederrock und einen schwarzen Pullover mit tiefem V-Ausschnitt. Sie erweckte den Eindruck eines vielbeschäftigten Menschen, der sich eine kurze Ruhepause gönnt. Bei Fanecas Anblick nahm ihr Gesicht sogleich einen herzlich-belustigten Ausdruck an, so als verkneife sie sich ein Lachen.

„Entschuldigen Sie, daß ich Sie habe warten lassen ...“

„Machen Se sich wegen mir keine Umstände“, sagte der *charnego* mit verstellter Stimme, einer Stimme wie ein Kettenfahrzeug, die sogar er selbst nicht wiedererkannte. „Freut mich, Se kennenzulernen. Gestatten Se, daß ich Ihnen für Ihr Vertraun und Ihr Interesse danke? Und Ihnen bei der Gelegenheit sage, daß sie schöner sind, als ich gehört hab ..."

Sie lächelte ihn überrascht an und gab ihm die Hand.

„Sie sind sehr liebenswürdig", sagte sie. „Allerdings ist meine Zeit knapp bemessen ... Aber setzen Sie sich doch, bitte." Sie ließ sich ihm gegenüber auf dem Sofa nieder und stieß einen Seufzer der Erschöpfung aus. „Ich fürchte, Sie haben sich umsonst herbemüht. Ich hatte keine Zeit, dieses Album zu suchen, das Album von ... von ..."

„Fu-Man-Chu, der verräterische Chinese mit seinen Trommeln."

„Ich weiß schon die ganze Woche nicht, wo mir der Kopf steht, tut mir leid. Tante Elvira hat ein paar Bücher gefunden, die Joan gehört haben, aber von dem Album keine Spur."

Während sie sich entschuldigte, lehnte sich Marés ein wenig im Sessel zurück, um sein Gesicht im Dunkeln zu halten, und er bot sich dem bebrillten, forschenden, aber wohlwollenden Blick im Halbprofil dar. Er bemerkte, daß Norma ihn tatsächlich neugierig musterte, doch schien sie nichts zu argwöhnen: Ein leichtes Lächeln umspielte ihre Mundwinkel, so als amüsiere sie die Situation außerordentlich, so als finde sie das pfiffige, großspurige Aussehen und die gehemmten, steifen Manieren dieses Murcianers mit den krausen Haaren und den grünen Augen, von denen eins durch die schwarze Klappe verdeckt wurde, zumindest interessant. Sie versprach, das Album zu suchen, da Joan offensichtlich soviel daran liege.

„Wie gesagt, falls es noch hier im Haus ist, werde ich es finden. Aber Sie müßten dann noch einmal hierherkommen."

„Ganz wie Se mein'n, Señora. Kein Problem."

Norma machte es sich auf dem Sofa bequem und musterte eine Weile schweigend den förmlichen, eleganten *charnego*. Mit einem leisen Knistern der Seidenstrümpfe, das Marés erschauern ließ, schlug sie die Beine übereinander, eine Geste, die ein unbewußter Reflex ihrer Neugier war.

„Wie heißen Sie noch gleich? Fanega?"

„Faneca. Juan Faneca."

„Und Sie sind ein guter Freund meines Mannes, sagen Sie?"

„Ein sehr guter. Schon seit ewich."

Norma stieß einen Seufzer aus.

„Erzählen Sie mir von ihm. Was ist mit ihm?"

„Was mit ihm iss? Er iss einer, der sein'n Wech ganz alleine gemacht hat", sagte er nachdenklich, wobei er seinen Kopf zur Seite wandte, um das harte, hagere Profil mit der Augenklappe zu zeigen. „Und solche Männer sind sehr geheimnisvoll, Señora."

„Aber warum sind die Dinge für ihn so schlecht gelaufen?"

„Er hat sich dem glücklichen Zufall überlassen, aber das Glück wollte nix mit ihm zu tun haben."

„Und will er denn nicht raus aus dieser Situation? Was hat er vor?"

„Er denkt oft an Sie, Señora. Den ganzen Tach. Schlimme Sache. Mit dir isses aus, Marés, sach ich zu ihm, diese wahnsinnige Liebe bringt dich um. Aber er hört ganich zu. Ich bin schon ganz verzweifelt, Señora Norma. Und warum der ganze Wahnsinn?, frach ich mich. Gibt's aufer Welt irgendne Frau, die soviel Liebe verdient? 'ne wahnsinnige Liebe iss die schlimmste Liebe, hinterhältig und beschissen isse, die Hölle! Und wenn wir's uns richtich überlegn, was iss den eigentlich 'ne wahnsinnige Liebe? Also, wissen Se, ich kann das nich definieren, ehrlich ... Dichter haben't definiert, große Denker, sogar Professorn, aber keiner hat bis jetz das allerletzte Wort gesacht. Die wahnsinnige Liebe iss 'ne verdammt ernste Sache, Señora."

Er begleitete seine Worte mit barocken, übertriebenen Gesten, und Norma sah ihn wie hypnotisiert an.

„Ich hab gehört, er soll wie ein Bettler herumlaufen", sagte sie. „Stimmt es, daß er auf den Metrotreppen Violine spielt?"

„Akkordeon."

„Er hat mir nie erzählt, daß er Akkordeon spielen kann ..."

„Er wird Ihnen wohl auch nie erzählt haben, daß er 'n halber Akrobat und Bauchredner iss. Hat sich immer 'n bißchen geschämt, daß er sowas kann, der Ärmste."

„Und wo hat er Akkordeonspielen gelernt?"

„Als kleiner Junge hat er's gelernt. Fu-Ching hat's ihm beigebracht, der große Zauberer. Der hatte tolle

Tricks drauf, der Zauberer, phantastisch ... War zwar nich 'n guter Vater für Marés, aber der Kleine hat ihn geliebt. Nich mit'm Kopp, verstehen Se? Mit dem Herz hat er ihn geliebt. Und das Herz, das gibt den Ton an, Señora."

Norma lächelte unmerklich.

„Sie sind sehr witzig."

„Finden Se?"

Der *charnego* wandte ihr das smaragdgrüne Auge im Profil zu.

„Spielen Sie auch ein Instrument auf der Straße, wie er?"

„Nee, Señora. Ich hab viele Jahre in Deutschland gearbeitet. Hab mir was für später zurückgelecht. Jetz bin ich Vertreter für venezianische Jalousien, bei 'ner ganz renommierten Firma ... Aber Marés und ich, wir sind schon von klein auf Freunde. Sind zusammen aufgewachsen, im selben Viertel."

„Ich weiß, im oberen Teil der Calle Verdi."

„Ganz genau, 'n sehr hübsches Viertel. Kennen Se's?"

„Joan hat mit mir nie über seine Kindheit gesprochen. Nicht mal über seine Familie."

„Familie hat er jetz keine mehr. Iss alleine wie'n Hund."

„Ach, sagen sie so was nicht!"

„So isses aber, Señora. Tut mir immer furchtbar leid, wenn ich'n so seh."

„Er hat doch Freunde, nehme ich an."

„Zwei Penner. Heruntergekommen wie er."

Die Brille war Norma ein wenig heruntergerutscht, und sie schob sie mit dem Mittelfinger wieder nach oben, mit einer Geste, die kühl und abweisend wirkte, so als wolle sie nichts mit heruntergekommenen Leuten zu tun haben.

„Aber … es wird doch eine Frau in seinem Leben geben“, sagte sie in einem unbeteiligten Ton. „Eine Frau, die sich um ihn kümmert …“

„In seinem Hundeleben gibt’s nur eine Frau: Sie!“

Norma kratzte sich am Knie und seufzte.

„Tja, dann … Wie leid mir das tut. Und wahrscheinlich hat er finanzielle Probleme, nehme ich an.“

„Geld hatter genuch, Señora. Verdient sich sein’n Unterhalt auf ehrliche und anständige Weise. Darüber beschwerter sich nich. Aber was für’n kaputtes, unglückliches Leben! Wolln Se wissen, wie sein Tach aussieht, wasser macht, von morgens, wenner aufsteht, bis abends, wenner ins Bett geht? Ihnen werdn die Tränen kommen, Señora …“

Während Marés noch sprach, stand er auf, und langsam und steif, die Arme vom Körper abgewinkelt, das Kinn emporgereckt, begann er, leicht hinkend im Zimmer auf und ab zu gehen, so als befände er sich auf einem Renaissance-Fest. Er drehte sich wie ein Kreisel auf dem Absatz um, eine Hand am Gürtel, sein leicht verächtliches Gesicht vor dem schlichten Hintergrund aus dunklen Vorhängen und hohen Fenstern. Mit Händen, die er so sparsam bewegte, als gehörten sie jemand anderem, zündete er sich eine Zigarette an.

„'tschuldigen Se", sagte er. „Macht's Ihnen was aus, wenn ich von Joan rede? Ham Se vielleicht Angst, daß das Feuer der alten Leidenschaft wieder auflodert, Señora, oder Angst vor den Erinnerungen an glückliche Zeiten, Erinnerungen an die große Liebe, die Se früher ma für ihn empfunden ham und die heute nur noch Asche iss, vom Winde verweht ..."

Norma Valentí blinzelte fasziniert mit den Augen.

„Nein", sagte sie ruhig. „Joan ist nicht mal eine Erinnerung. Er ist nichts mehr."

„Sagen Se sowas nich, um Gottes willen! Sie ham kein Herz!"

„Es ist aber die Wahrheit."

Marés bemerkte, daß sie ihn prüfend ansah, und ließ, während er weitersprach, seine Augen umherwandern, um ihrem Blick auszuweichen.

„Sie ham 'n Haus wie'n Palast ... Phantastisch! Joan hat mir von Ihren alten Tanten erzählt. Leben die noch?"

„Eine von ihnen ist gestorben. Tante Marta."

„Mein aufrichtiges Beileid. Werd's Joan erzählen."

„Er mochte sie sehr."

„Ach, da fällt mir noch was ein ... Joan hat gesacht, ich soll Se fragen, wann Se sich scheiden lassen wolln. Jetz kann man sich in diesem Land ja scheiden lassen."

„Ja, das müssen wir noch regeln", sagte Norma seufzend. „Aber wegen mir brauchen wir uns damit nicht zu beeilen. Ich habe nicht die Absicht, wieder zu heiraten."

Sie fuhr fort, ihn nachdenklich und gleichzeitig amüsiert zu mustern. Es war ein komplizenhafter Blick, der jedem Mann unter anderen Umständen geschmeichelt hätte. Doch Marés war jetzt mißtrauisch geworden. Gleich wird sie mich entlarven, dachte er. Sie wird schreien. Wird hysterisch werden. Wird mich beschimpfen, mir Beleidigungen an den Kopf werfen, mich verachten. Ihre halbblinden, verschlafenen Augen hinter den dicken Brillengläsern brauchen vielleicht eine Weile, um mich zu erkennen; aber ihre empfindliche Katalanennase ist imstande, den Schwindel, die plumpe Täuschung des falschen *charnego* auf mehrere Kilometer Entfernung zu riechen.

Je mehr er jedoch sein steifes Gehabe und seine *charnego*-haften Manieren betonte, desto mehr Vertrauen schien sie zu fassen und desto wohler schien sie sich zu fühlen. Auch wirkte sie rätselhafter und berechnender: Sie sah ihn an, als beginne sie, gewisse Möglichkeiten in Betracht zu ziehen. Schließlich wurde Marés vollkommen ruhig, und es gelang ihm, seine Rolle noch überzeugender zu spielen, die verkörperte Person noch perfekter darzustellen; er konnte sich sogar die eine oder andere Koketterie erlauben, wie zum Beispiel die Augenklappe mit einem schiefen Grinsen zurechtzurücken oder sich mit der Hand durchs Haar zu fahren, während er auf Normas Beine schielte. Er glaubte Norma gut genug zu kennen, um zu wissen, wann jemand ihr gefiel, und Faneca gefiel ihr, oder zumindest interessierte er sie im Augenblick.

„Am Telefon haben Sie etwas von einer Überraschung erzählt“, sagte sie. „Von etwas, das Joan gehört …“

„Stimmt. Schulhefte, wo er seine Erinnerungen reingeschrieben hat. Hab gedacht, Sie würdense gerne bei sich aufbewahrn.“

„Hat Joan sie Ihnen für mich mitgegeben?“

„Ach was! Er wolltese verbrenn, der arme Kerl, und da hab ich se mir geschnappt.“

„Haben Sie die Schulhefte bei sich?“

„Nee. Intressiern Se sich dafür?“

„Ich sterbe vor Neugier“, antwortete Norma lächelnd. „Stehen intime Dinge drin?“

„Na ja, ’n paar … Wie Se ihn verlassen ham, zum Beispiel. Aber vor allem erzählter von der Zeit wie wir Jungs warn, wie wir durchs Viertel gestreift sind, Sachen von mir und so. Auch von der Villa hier, als Se noch ganich geborn warn.“

„Ich würde es gerne lesen. Sehr gerne.“

„Werdse Ihnen bringen. Oder solln wir uns lieber irgendwo anders treffen?“ wagte er zu fragen.

Eine kurze Zeitlang schien sie sich diese Möglichkeit zu überlegen. Sie blinzelte hinter den konzentrischen Kreisen ihrer stark gekrümmten Brillengläser, bewunderte insgeheim den stolzen Krauskopf des Murcianers und seinen Schlangenblick, behielt jedoch ihr förmliches Benehmen bei und sagte:

„Sie werden wohl noch einmal wiederkommen müssen.“

Lächelnd erhob sie sich, und Marés begriff, daß es

der richtige Moment war, um zu gehen. Er war enttäuscht. Er hatte keine Zeit gehabt, für nichts. Kaum daß er sich hatte zeigen können. Höflich verabschiedete er sich, und Norma begleitete ihn hinaus in die Empfangshalle.

„Warum geben Sie mir nicht Ihre Telefonnummer, Señor Faneca? Für den Fall, daß ich das Album finde …"

Marés hatte das Gefühl, als würde sich gleich ein Abgrund vor ihm auftun. Natürlich, man konnte davon ausgehen, daß er irgendwo wohnte. Aber wo?

„Nu ja, auswendich weiß ich meine Telefonnummer nich." Dann fügte er schnell und entschieden hinzu: „Ich wohn inner kleinen Pension, wissen Se? Hab mir was zusammengespart und werd 'ne Weile in Barcelona bleiben, in der großartigen Stadt des katalanischen Geistes … und der intelljenten und freien und unternehmungslustigen Fraun …"

„Sie leben alleine?"

„Kann man wohl sagen. Mutterseelenallein. Mit Verlaub. Besser alleine leben als in schlechter Gesellschaft."

„Geben Sie mir bitte Ihre Adresse. Sollte Joans Album auftauchen, schicke ich es Ihnen durch einen Boten." Sie lächelte ihn offen an und biß sich auf die Unterlippe. „Oder besser, ich geb's Ihnen, wenn Sie das Schulheft vorbeibringen."

Als Norma zu sprechen aufhörte und sie auf die Freitreppe hinaustraten, hatte der in die Enge getriebene Marés bereits entschieden, wo er wohnen und was er tun würde. Er dachte schnell nach: Ich hätte ihr erzählen können, daß ich vorübergehend in ihrer Wohnung in Walden 7 wohne; aber da Marés dort ist, würde sie nie dort hingehen ... Er mußte sie an einen anderen Ort locken. Deshalb würde er wirklich irgendwo wohnen müssen, unter einer anderen Adresse, falls Norma ihn außerhalb ihrer Villa treffen wollte. So sagte er leise mit etwas heiserer, einschmeichelnder Stimme, eine Hand in der Tasche und mit durchgedrücktem Kreuz:

„Ich wohn in der Pension Ynes. In 'nem Viertel, das so nah am Himmel dran iss, wie Se's noch nie gesehn ham. In derselben Straße, wo wir aufgewachsen sind, Joan und ich. Calle Verdi 312, 'ne einfache Pension von Anno dazumal, die Wirtsleute sind ehrliche, nette Leute. Ich wohn da, seit ich aus Deutschland zurück bin, wissen Se?, weil in Barcelona hab ich keine Familie mehr ... Werd Sie anrufen von wegen dem Telefon inner Pension. Und um Sie zu 'nem Gläschen einzuladen. Wenn Se die Güte ham und kommen, werden Se willkommen sein. Ich kenn da 'ne kleine Kneipe, die iss ganz schnucklig ..."

„Vielen Dank, ich werd's mir überlegen." Norma reichte ihm lächelnd die Hand. „Gute Nacht, Faneca."

„Auf ganz bald, Señora."

6

Als Marés durch die eiserne Gartenpforte trat, empfing ihn der Verkehrslärm der Avenida, und es wurde ihm schwindlig. Einen ganz kurzen Augenblick lang hatte er das quälende Gefühl, ein Niemand zu sein und sich im Niemandsland zu befinden. Er warf einen Blick zurück auf den inzwischen im Dunkeln liegenden Park, der unter einem feinen Bodennebel schlummerte. Die Lichter der Villa schimmerten fröhlich aus der Ferne zwischen den Bäumen hindurch, wie vom anderen Ufer des Lebens. Er legte eine Hand auf den geflügelten Drachen des Eisentores und stieß einen tiefen Seufzer aus. Sein Auftritt vor Norma hatte ihm überhaupt keinen Spaß gemacht, und er fragte sich nach dem Grund. Nicht daß sie ihn nicht mit Sympathie angesehen hätte: Die heiße Soziolinguistin würde dem Murcianer in die erfahrenen Arme sinken, verdammt nochmal, das war nur eine Frage der Zeit. Aber hatte er im Grunde nicht vor, sich selbst Hörner aufzusetzen? Dieser Gedanke ließ ihn sich noch ein wenig mehr im Niemandsland verirren, und dann lächelte er. Warum denn nicht?, fragte er sich: Wenn andere mir jahrelang Hörner aufgesetzt haben, dann kann ich, das heißt, dieses Großmaul namens Faneca, das doch wohl auch.

Seine Hand tastete hinter sich nach der geschwungenen Zunge im Drachenmaul und umfaßte sie. Sofort fühlte er sich wieder dumpf und leer im Kopf, und sein Herz wurde ihm schwer, so als überfiele ihn Katzenjammer nach einem bösen Traum. Er erinnerte sich plötzlich an die verfaulte Mandarine, die vor langer Zeit hier aufgespießt gewesen war, auf der Zunge des Drachen, und er spürte wieder den bitteren Geschmack im Mund. Dabei war es, trotz des Hungers, den er als Kind gehabt hatte, gar nicht möglich, daß er sich an den Geschmack jener Mandarine erinnerte. Faneca hat sie gegessen, sagte er zu sich, Faneca, der damals noch mehr Hunger hatte als ich. Ein Nachtfalter mit weißen Flügeln umflatterte ihn und stieß mehrmals gegen den Kopf des Drachen, der an dem Eisengitter hing.
Er fuhr nicht direkt nach Hause, sondern schlenderte leicht hinkend in der Gegend der Plaza Sanllehy umher, und dann bog er in die Travessera de Dalt ein, wo er sein Spiegelbild in den Schaufenstern suchte. Das irritierendste und überzeugendste Bild sah er in der Scheibe des verkommenen und dreckigen Ladens eines Fotografen. AUSWEISBILDER SOFORT, las er und überlegte es sich nicht zweimal. Er trat ein, und wenig später, in einer gespenstischen, verstaubten Umgebung mit alten Hintergrundmalereien aus Blumen, trügerischen Himmeln und zugewachsenen Gärten, setzte er sich unter das sich kreuzende Licht zweier Scheinwerfer und sah ins Leere, und er ließ Fotos von sich machen, die er überhaupt nicht brauchte.

Er öffnete ein wenig den Mund, um seinem Kummer, der ihn betäubte, Luft zu machen, und als der Blitz aufflammte, ging sein Atem hastig und rauh, so als atme jemand anders, jemand, der etwas Dringendes zu erledigen hatte. „Du mußt sofort ein Zimmer in der Pension Ynes mieten", sagte er zu sich, „denn wenn Norma im Telefonbuch nachsieht und dich in der Pension anruft …?"

„Ausgezeichnet", sagte er bewundernd, als der Fotograf ihm die Fotos zeigte. „Was meinen Se, 'n Mann mit dem Gesicht und der Autorität im Blick, hätte den seine Frau verlassen?"

Der Fotograf, ein häßlicher, hinfälliger Greis, der aussah wie ein als Fotograf verkleideter alter Raubvogel, verzog lediglich das Gesicht zu einem gekünstelten Lächeln und kassierte vierhundert Pesetas.

Als Marés auf die Straße hinaustrat, hatte er bereits entschieden, was zu tun war. Seine *charnego*-Maske abzunehmen und wieder jener elende Straßenmusiker zu werden, der ständig von der Erinnerung an Norma und von der Sehnsucht nach dem verlorenen Paradies gequält wurde, diese Aussicht ließ ihn vor Scham vergehen. Er nahm all seine Selbstachtung zusammen – oder das, was er als seine Selbstachtung ansah: sich so zu verhalten wie Faneca, und nicht wie Marés sich verhalten würde –, trank in aller Ruhe zwei Gläschen Jerez in einem Café an der Travessera de Dalt und ging dann zu Fuß die Hauptstraße seiner Kindheit hinauf, die Hauptschlagader seines Lebens.

7

Mit heraushängender Zunge erreichte er den oberen Teil der abschüssigen Straße. Calle Verdi, das letzte Stück, bergauf. Mit nur einem Auge sah er hervorragend. Das Gewirr von kleinen Gassen, die kurz und quer verliefen, mal anstiegen und mal abfielen, hatte sein besonderes, kunstvolles Flair bewahrt, es erinnerte immer noch an ein Märchen, hatte etwas von einer Kulisse aus Pappmaché an sich: das abschüssige Gelände und das schummrige, watteähnliche Licht der Laternen, das die Straßenecken wie auf der Bühne beleuchtete. Einige Straßen waren so steil, daß die Bürgersteige Stufen hatten.

Er blieb noch einen Augenblick lang stehen, nahm nichts wahr und sah doch alles: Mit geschlossenem Auge hätte er die Haustüren und die Parterrefenster abtasten und sagen können, wer dort lebte oder gelebt hatte. Die alte Pension stand noch immer am selben Fleck, ein kleines, zweistöckiges Haus mit grauer Fassade, das zwischen zwei Hochhäusern eingeklemmt war. Auch die kurze Eingangstreppe und die Gärten zu beiden Seiten mit einem dichtbelaubten Lorbeerbaum und einem Oleanderstrauch hatten sich noch gehalten; aber die Fassade war schmutzig, die Geschäfte schienen nicht mehr gut zu laufen. Die Schrift auf dem blaugestrichenen Schild über der Tür war kaum noch zu lesen: „Pension Ynes“. Nie hatte ihm jemand das Y in „Ynes“ erklären können. Vielleicht war es ein Familienname ...

Etwas weiter oben, wo sich jetzt eine Autowerkstatt befand, hatte Faneca gewohnt, und noch ein Stück weiter, auf der anderen Straßenseite, stand das Haus, in dem Marés und seine Mutter gewohnt hatten. Fermíns Kneipe genau gegenüber der Pension hatte sich in die Bar El Farol verwandelt, mit Neonbeleuchtung, Spielautomaten und Fernsehapparat. Der falsche Murcianer verspürte plötzlich die harmonische Stimmung des Viertels, die Ergriffenheit, heimzukehren, und die Erleichterung darüber, noch rechtzeitig gekommen zu sein. Wenn er an irgendeinem Ort erwartet wurde – und er wußte, daß schon seit Jahren niemand mehr irgendwo auf ihn wartete –, dann war es hier. Er erinnerte sich an das Gurren der Tauben an endlosen Sommerabenden, an die kleinen Dachterrassen in der Nachbarschaft, über die der Wind hinwegfegte, und an die Kinder, die mit großen Papierhüten auf dem Kopf im Regen herumliefen, und es kamen ihm wieder verschiedene Glücksmomente in den Sinn, die unter der Lawine der Zeit und der täglichen Routine aus Heuchelei und Verstellung verschüttet gewesen waren: die Comics in Susanas Buch- und Schreibwarenhandlung, die Romane mit El Coyote, die verrostete Karrosserie des Lincoln Continental und die Lakritz-Zigaretten, die geheimnisvollen, faszinierenden Hände des Zauberers Fu-Ching, die Abenteuer auf der Montaña Pelada, Normas Küsse am Teich im Park der Villa Valentí ... Und das, was ihm ein Arzt einmal gesagt hatte, als er noch ein kleiner Junge war: „Weil die Straßen in diesem Viertel so steil und abschüssig sind, habt ihr Jungs hier immer gesündere Füße als die aus Sant Gervasi oder aus dem *Eixample*." Na prima, hatte er geantwortet, ein toller Trost!

In der Pension war es still, so als würde niemand dort wohnen. Er sah die kleine Vorhalle, die düstere Rezeption, einen Kleiderständer aus Holz und den Treppenaufgang. Die Tapete war noch immer dieselbe, eine Art Sonnenaufgang in verblichenem Lila, der sich unendlich viele Male wiederholte. Marés' Nase und seine Erinnerung nahmen einen tröstlichen Geruch nach Eintopf mit Schmorfleisch wahr, und er dachte an die lustigen Abenteuer, die er und Faneca erlebt hatten, als sie in die Küche der Pension geschlichen waren, wo sie immer etwas zu essen aufgetrieben hatten.

In diesem Augenblick sah er eine junge Frau von etwas über zwanzig Jahren langsam die Treppe herunterkommen. Sie hatte graue Augen und feine Gesichtszüge, trug das schwarze Haar zu einem Knoten zurückgekämmt und reckte ihren Kopf auf dem dünnen Hals in die Höhe, so als nehme sie entfernte Klänge oder eine Musik wahr, die nur sie hören konnte. Sie sah nicht zu Marés hin, blieb aber auf der letzten Stufe stehen und wandte ihren Kopf aufmerksam in seine Richtung, so als erahne sie seine Anwesenheit.

„Wer ist da?“ fragte sie. „Was wünschen Sie?“

„Haben Sie ein Zimmer frei?“

„Ja, Señor.“

Sie sah die ganze Zeit geradeaus, und ihr Gesicht verriet eine gewisse Unruhe. Dann nahm sie die letzte Stufe, ging mit sehr sicheren Bewegungen, den Blick aber immer starr geradeaus gerichtet, zur Rezeption und stellte sich hinter die kleine Theke. Ihr Körper war von einer Zartheit, die in gewisser Weise zu ihren Bewegungen im Widerspruch stand, zu der Sinnlichkeit ihrer Gesten und der Weichheit ihrer Formen.

„Mit Verpflegung?“ fragte sie.

„Nein, nur zum Schlafen.“

„Achthundert pro Nacht, im voraus. Werden Sie mehrere Tage bleiben, Señor?“

„Kommt drauf an. Ich warte auf jemanden.“ Er schwächte den andalusischen Akzent ab, benutzte aber weiterhin geläufig und selbstverständlich Fanecas belegte Stimme. „Würden Sie mir bitte die Telefonnummer der Pension geben?“

Das Mädchen sagte ihm die Nummer, und er notierte sie sich. Während sie das Anmeldebuch aufschlug und ihm zur Unterschrift vorlegte, blickten ihre Augen nach wie vor ins Leere. Als er sah, wie sie die Theke nach dem Kugelschreiber abtastete, begriff er, daß sie blind war.

„Tragen Sie bitte hier Namen und Vornamen ein, und auch Ihre Ausweisnummer.“

„Leider hab ich meinen Ausweis verloren“, sagte er. „In den nächsten Tagen bekomme ich den neuen.

Aber ich hab die Verlustanzeige hier, auf der steht die Nummer ..."

„In Ordnung, das geht auch."

Er tat, was sie ihm gesagt hatte, und nahm dann den Telefonhörer in die Hand.

„Kann ich mal telefonieren?"

„Ja, Señor."

„Ich heiße Juan Faneca, als Kind hab ich hier in der Straße gewohnt. Das ist jetzt viele Jahre her." Er wählte die Nummer der Villa Valentí. „Du warst noch nicht geboren ..."

Er verlangte Señora Norma zu sprechen. Das Dienstmädchen sagte, die Señora sei gerade weggegangen, und er hinterließ eine Nachricht: Sagen Sie ihr, daß Juan Faneca aus der Pension Ynes angerufen und seine Telefonnummer hinterlassen habe. Das Mädchen notierte die Nummer, und er wiederholte noch einmal, daß sie der Señora sagen solle, Juan Faneca sei in der Pension Ynes, falls sie ihn brauche. Vor allem abends nach dem Essen sei er dort anzutreffen, falls sie ihn anrufen oder ihn besuchen wolle ...

Während er telefonierte, konnte er den Blick nicht von der Blinden abwenden, die jetzt die Schlüssel auf dem Brett hinter ihr abtastete. Sie nahm den Schlüssel Nr. 7, dann drehte sie sich wieder um und legte die ausgestreckten Hände auf das Anmeldebuch, wobei sie ins Leere starrte. In der feuchten Asche ihrer Augen lag eine heitere Sanftmut und in den Winkeln ihres blassen, halbgeöffneten Mundes jene Sehnsucht der Blinden: so als trinke sie das Licht mit dem Mund und nicht mit den Augen.

Marés legte auf und sagte wie zu sich selbst:

„Morgen hol ich etwas Wäsche und 'n paar persönliche Dinge ... Können wir's mal sehen?" Er verbesserte sich: „Ich meine, könnte ich mir das Zimmer ansehen?"

„Ja, sofort, Señor. Hier ist der Schlüssel. Die Nr. 7."

Das Mädchen ging zur Treppe, hob den Kopf und rief hinauf:

„Großmutter! Ein Gast!"

Lächelnd wandte sie ihm wieder ihr Gesicht zu, und jetzt schien es, als sähe sie ihn an.

„Gehen Sie hinauf, meine Großmutter wird Ihnen das Zimmer zeigen."

„Vielen Dank."

Er ging die Stufen mit einer Leichtfüßigkeit hinauf, die ihn selbst überraschte. Diese Großmutter mußte die Señora Lola sein, die er seit beinahe fünfundzwanzig Jahren, seit der Beerdigung seiner Mutter, nicht mehr gesehen hatte. Sie war oben auf dem Gang und wischte den Boden. Eine Frau von fast siebzig Jahren, stattlich und energisch, mit lebhaften Augen und einem kräftigen Gebiß.

„Erinnern Se sich nich mehr an mich, Señora Lola? Nein, natürlich nich. Iss so lange her! Ich bin Juan Faneca, Fanequilla ..."

„Nicht möglich!" rief die Alte mit ihrer rauhen, aber nicht eigentlich heiseren Stimme: einer Stimme mit Warzen, hatte er einmal als kleiner Junge gedacht. „Natürlich erinnere ich mich an dich, du bist der Sohn von der Rosa ... Bist nach Deutschland arbeiten gegangen. Dich hätt ich aber nicht erkannt, also nein! Mit der Augenklappe! Ein richtiger Lausebengel warst du, vor allem wenn ihr zusammen wart, du und dieser ... Wie hieß er noch gleich, der kleine Teufel?"

„Juanito Marés."

„Gib mir den Schlüssel, ich zeig dir das Zimmer ... Genau, Marés. Hatte immer Hunger, immer kam er an, um sich was zu essen zu holen." Sie schloß die Tür auf. „Seine Mutter hieß Rita Beni. Eigentlich Benítez. Hat sich Beni genannt, noch als sie ledig war, weil das hörte sich nach italienischer Künstlerin an ... Geh rein ... Und du bist auch oft hergekommen, jetzt erinnere ich mich wieder, ja. Ach, das warn schöne Zeiten, trotz allem! Damals war noch mehr zu tun. Wärst du ein paar Tage später gekommen, hätten wir vielleicht schon dichtgemacht ... 'ne richtige Pension ist das nämlich gar nicht mehr, es kommt keiner. Als mein Mann starb, hab ich 'n Teil von dem Haus geschlossen und nur noch 'n paar Zimmer gehalten. Weißt du, wieviel Gäste ich noch hab? Zwei alte Rentner, die niemand mehr haben auf der Welt ..."

Das Zimmer war klein und sauber. Die alte Tapete klebte noch gut. Ein Bett, ein Schrank, ein eingebautes Waschbecken, zwei Stühle, ein Kleiderständer.

„Früher hatte ich'n paar Studenten", fuhr die Alte fort, „aber als das Studentenheim an der Travessera fertig war, sind die alle ausgezogen ... Und du, was hast du die ganzen Jahre in Deutschland gemacht? Hast 'n Haufen Geld verdient?"

„Ich hab was gespart."

„Als dein Vater starb und deine arme Mutter nach Granada zurückging, war ich drauf und dran, meine Nichte zu nehmen und auch zu verschwinden. Je älter ich werd, desto mehr fehlt mir das Dorf."

„Das Mädchen an der Rezeption iss Ihre Nichte?"

„Die Tochter von Concha. Erinnerst du dich an meine Tochter Concha? Hat geheiratet und ist bei der Geburt gestorben. Ihr Mann ist 'n halbes Jahr drauf mit 'ner andern abgehaun und hat mir die Nichte dagelassen, und seitdem haben wir ihn nich mehr gesehn. Wir hatten nix als Unglück im Leben, Kleiner."

„Iss sie von Geburt an blind?"

„Nein. Mit dreizehn hat sie Kalzium verloren oder so was. Lag zwei Wochen im Koma, und seitdem ist sie blind. Aber im Haus kommt sie besser zurecht als ich, ehrlich! Fernsehn tut sie für ihr Leben gern ... Carmen heißt sie. Wenn du sie glücklich machen willst, sag ihr, daß sie hübsch ist. Und ins Kino gehn, das tut sie auch gerne."

Die Alte war pausenlos in Bewegung: Rückte ihre Haarnadel zurecht, strich die Tagesdecke auf dem Bett glatt, öffnete den Wäscheschrank, wischte mit einem Tuch übers Nachttischchen ...

„Das Mädchen macht mir große Sorgen. Macht mir richtig Angst, wenn ich daran denk. Außer mir hat sie keine Familie mehr, und wenn ich mal nicht mehr bin, wer kümmert sich um sie? Sie ist ein gutes

Kind, aber sie braucht viel Zuwendung, Gesellschaft.“ Ihr Blick verdüsterte sich, und sie seufzte. „Ich weiß gar nicht, warum ich dir das alles erzähl ...“

„Weil Se’n guter Mensch sind, Señora Lola, und weil ich Ihr Freund bin.“

„Du hast dich in Deutschland nicht verändert. Hast noch denselben Akzent, den du aus deinem Dorf mitgebracht hast ... Und was hast du in Deutschland gemacht?“

„Hab als Vertreter gearbeitet, für venezianische Jalousien.“

„Und hast du dich nicht einsam gefühlt die ganzen Jahre?“

Er bemerkte eine plötzliche Traurigkeit in den Augen der alten Frau, und mit einemmal fühlte er sich verletzlich, wehrlos.

„Ja, doch, das stimmt, ja.“

„Was ist mit deinem Auge?“

„’n Arbeitsunfall.“

Señora Lola seufzte und beendete die Besichtigung des Zimmers.

„Na ja, vergessen wir unsere Sorgen. Gefällt dir das Zimmer? Wir lassen’s dir billiger, weil du’s bist ... Bleibst du zum Essen?“

„Ein andermal. Heut muß ich noch weg. Ich hab bei’m Freund gewohnt, und jetz muß ich ’n paar Sachen holen. Kann sein, daß ich erst morgen wiederkomm.“

„Wie du willst. Fühl dich hier wie zu Hause, Kleiner.“

Die Alte stützte sich mit beiden Händen und mit dem Kinn auf den Stiel des Wischmops und sah ihn nun mit aufrichtiger Freude an, bewunderte seinen zweireihigen Anzug und seine Haltung, seinen Schnäuzer und seine schwarze Augenklappe, und sie lächelte ihn wohlwollend an. Und er näherte sich ihr, legte ihr beide Hände auf die Schultern und küßte sie auf die Stirn. Vielen Dank, Señora Lola, sagte er. Wie immer dauerte es keine zehn Minuten, daß er diesen Anfall von Schwäche bereute. Kümmere dich um dich selbst, und hör auf mit dem Quatsch, sagte er zu sich, während er flink die Treppe hinunterging, so etwas würde nur Marés machen, der Blödmann.

8

Das blinde Mädchen stand nicht hinter der Rezeption. In einem angrenzenden kleinen Raum flimmerte ein Fernseher im Dunkeln. Marés schaute durch die Tür. Es war ein alter Film, eine vertraute Sinfonie in Grau: In einem schillernden, glitzernden Nachtlokal scharten sich Frauen in enganliegenden Lamékleidern um einen eleganten, geschwätzigen Herrn im Smoking. Davor, in einem Schaukelstuhl, den Kopf emporgereckt, die Knie aneinandergepreßt und die Hände starr in den Schoß gelegt, saß Carmen in dem flimmernden Licht des Fernsehapparates, wobei ihre ganze Aufmerksamkeit auf die Dialoge gerichtet war. Neben ihr saß ein Greis in einem tiefen Sessel und drehte sich sorgfältig eine Zigarette.

„Was machen sie jetzt, Señor Tomás? Wo sind sie?" fragte das Mädchen, das Gesicht ein wenig dem Alten zugewandt.

„Sie sind auf einem Fest", antwortete Señor Tomás lustlos und fuhr fort, seine Zigarette zu drehen. „Sieht jedenfalls so aus."

„Aber er, was macht er? Mit wem ist er zusammen?"

Brummend, weil sein Interesse an dem Film gleich Null war, verfolgte der Alte mehr schlecht als recht das Geschehen auf dem Bildschirm und beantwortete die Fragen des Mädchens. Er war ein rundliches, adrettes Männlein mit weißen Bürstenhaaren und hervortretenden Augen. Marés blieb eine Zeitlang in der Tür stehen und konnte beobachten, wie der Alte sich bemühte, der Blinden bestimmte Szenen zu schildern, in denen viel passierte.

Plötzlich spürte das Mädchen, daß jemand hinter ihr stand, und sie reckte den Kopf noch höher empor. Die schnarrende Stimme des Helden schien sie jedoch vollkommen gefangenzunehmen, so daß nichts ihre Aufmerksamkeit ablenken konnte. Señor Tomás dagegen drehte und drehte seine Zigarette. Marés hatte das angenehme Gefühl, daß in diesem Haus die Zeit stehengeblieben war.

„Wie ist er, wie sieht er aus?" fragte das Mädchen mit einem schüchternen Lächeln. „Was ist das für ein Mann, Señor Tomás?"

Der Greis antwortete ausweichend, mürrisch, brummte ein paar Worte, „netter Junge, sympathisch", immer noch mit der Zigarette beschäftigt, die er mit seinen zittrigen Händen nicht fertig gedreht bekam.

Der unechte Faneca lehnte mit dem Rücken an der Tür und sagte mit nur leicht andalusischem Akzent:

„Er iss ungefähr fünfunddreißig, dunkler Typ, mit Schnäuzer und Grübchen in den Wangen. Sehr elegant. Er lächelt ironisch mit hochgezogenen Mundwinkeln und hebt eine Augenbraue, wenn er die Frauen ansieht. Sein rechtes Auge wird von einer schwarzen Klappe verdeckt, und er ist sehr hübsch.

Die Frauen, die ihn umgarnen, sind bezaubernd, aber keine ist so schön wie du, Kleine."

Carmen ließ ein paar Sekunden verstreichen, dann sagte sie, ohne den Kopf umzuwenden:

„Vielen Dank, Señor."

Und sie lauschte weiter dem Film.

Faneca lächelte seinem eigenen Phantom zu, drehte sich um und ging hinaus auf die Straße.

9

Er verließ die Pension mit einem Gefühl der Benommenheit. Während er die Straße hinunterging, taumelte er plötzlich. Wenn ich nicht stehenbleibe, wird mir schwindlig, und ich verliere das Bewußtsein, sagte er zu sich: Du solltest nach Hause fahren und diesen Idioten von Marés aus dem Spiegel befreien. Die vergangenen Nächte in Walden 7 waren gräßlich gewesen, schlaflos, erfüllt vom Sirenengeheul der Ambulanzwagen, den Vorboten von Einsamkeit und Tod.

Er nahm ein Taxi, und eine halbe Stunde später war er zu Hause. In der Küche fand er eine Nachricht seiner Putzfrau, die ihn daran erinnerte, daß er Glasreinigungsmittel und einen Wischmop kaufen müsse. Er zog sein Jackett aus und nahm die Augenklappe ab, hielt allerdings das Augenlid noch eine ganze Weile geschlossen. Ein einziges Auge genügte ihm, um das Ausmaß seines Unglücks zu ermessen. Er schaltete den Fernseher ein, und es wurde derselbe Film gezeigt, dem Carmen in der Pension lauschte: Er steuert einen offenen Sportwagen, die Haare wehen im Wind, sie schlingt ihre Arme um seinen Hals und küßt ihn, er schließt beim Küssen die Augen, auf die Gefahr hin, daß sich der Wagen im nächsten Augenblick überschlägt: So zerbrechlich ist das Glück! Wer sollte das dem blinden Mädchen erzählen, damit sie es sehen könne?

Ihm war heiß, und er öffnete der sternenklaren Nacht das Fenster. Unter ihm fielen die Plättchen, die sich von der beinahe schon völlig kahlen Fassade lösten, lautlos in das große, im Dunkeln unsichtbare Netz. In der Ferne blinkten die Lichter von Esplugues, die Autobahn schien leer. Weit weg in den Außenbezirken der Stadt rauchten verschwommene, sehr hohe Schornsteine, die Nacht schwitzte die unendlichen Mühen des Tages aus. Es wehte kein Lüftchen; vollkommen unmöglich, sich von sich selbst zu befreien und zu Atem zu kommen. Nur das falsche grüne Auge schien fähig, die Nacht zu durchbohren, ihre Heuchelei zu ergründen. Maske und Gedächtnisverlust, das ist der einzige Weg ... Marés spürte, daß Einsamkeit und Verzweiflung ihn wieder überfielen.

Er bereitete sich Instant-Püree zu und briet sich ein Filet, und während er aß, stellte er seine Überlegungen an: Es konnte sehr gut sein, daß Norma niemals in die Pension kommen würde – vielleicht war sie nicht mehr auf Abenteuer aus, sie war gerade achtunddreißig geworden, vielleicht war sie ja nicht mehr auf entwurzelte *charnegos* so scharf wie früher und begnügte sich mit ihrem gegenwärtigen Liebhaber, dieser einsprachigen Pfeife –, oder aber sie käme in einer Woche in die Pension oder in ein paar Tagen, wer weiß; er mußte auf jeden Fall darauf vorbereitet sein. Gehen wir einmal davon aus, daß ich einen Monat brauche, ob ich nun mein Ziel erreiche oder nicht. Achthundert Pesetas pro Tag bedeuten monatliche Ausgaben von fast fünfundzwanzigtausend. Und das nur fürs Schlafen in der Pension. Man muß noch Essen, Taxis und Alkohol hinzurechnen ... Das schien nicht übermäßig viel zu sein. Er konnte auf seine Ersparnisse zurückgreifen, und wenn dieser Scheißkerl von Marés sich außerdem dazu bereit erklären würde, jeden Tag Akkordeon zu spielen, dann würde es noch für Extraausgaben reichen.

Er vergaß, die restliche Verkleidung, einschließlich der grünen Kontaktlinse, abzunehmen, und legte sich früh zu Bett. Er fühlte sich nicht so einsam und verlassen wie in den vergangenen Nächten, und bevor er wie immer anfing, an Norma zu denken, erinnerte er sich flüchtig an die Señora Griselda und an ihr weiches, warmes Bett, in dem der Plüschbär hauste. Dann legte er sich auf die Seite, und in Fötushaltung stellte er sich vor, wie Norma eines Abends in die Pension Ynes kommen würde ... Dennoch schlief er, zum ersten Mal seit langer Zeit, nicht mit dem Gedanken an die geliebte Frau, sondern an Carmen ein, das blinde Mädchen, das sich die Filme aus dem Fernseher erzählen ließ.

Kurz nach Mitternacht erwachte er von einem regressiven Alptraum, in dem er verzweifelt nach Marés schrie und ihn anflehte, doch sofort einen Wischmop und Glasreinigungsmittel zu kaufen. Er verspürte Übelkeit, und kurz darauf lief er ins Badezimmer und übergab sich. Als er fertig war, setzte er sich auf den

Klodeckel, um eine Weile über sein Schicksal nachzudenken. Ihm fiel nichts dazu ein. Als er an der Kette zog, bemerkte er, daß der Siphon des Wasserbehälters kaputt war. Er hörte das Gurgeln des Wassers, zog noch heftiger und riß die Kette ab.

„Prima!" sagte er. „Marés mit seinen zwei linken Händen ..."

Die grüne Kontaktlinse fiel ihm aus dem Auge, und er suchte sie auf allen Vieren. Schließlich fand er sie und setzte sie wieder ein. Das andere Auge bedeckte er mit der schwarzen Klappe, was ihn irgendwie beruhigte. Den Rest der Nacht schlief er mit einem offenen Auge. Im Bett konnte er das nächtliche Stöhnen von Walden 7 hören, das Todesröcheln des seiner Fassade beraubten Gebäudes: das Gurgeln in den Rohrleitungen, das Aufklatschen der Plättchen, die neben den Netzen auf den Boden fielen, diverses Knirschen und Knacken. Der Verfall des Monsters schritt voran, und Marés hatte das Gefühl, daß das Leben woanders stattfand und er ein Nichts war, etwas Transparentes: daß jemand anders das Leben durch ihn hindurch beobachtete.

10

„Ich versteh dich nicht“, sagte Cuxot, während er auf der Straße malte. „Kannst du dich nicht deutlicher ausdrücken?“

„Ich versuche dir zu erzählen, daß meine Frau sich ganz sicher, unausweichlich, mit einem Freund von mir treffen wird“, sagte Marés.

„Wo?“

„In der Pension, in der mein Freund wohnt.“

„Und woher weißt du das?“

„Er hat's mir erzählt. Na ja, noch ist die Verabredung nicht perfekt. Möglicherweise hat sie es nicht eilig hinzugehen, sie hat noch nichts gesagt. Aber ich kenne sie, irgendwann geht sie hin.“

„Ach ja? Ist das wieder eins ihrer verrückten Abenteuer mit Gitarrespielern und Schuhputzern?“

„Das befürchte ich.“

„Und wer ist dein Freund? Wieder so ein charmanter Murcianer?“

„Es ist der auf dem Ausweisfoto, das du gerade kopierst. Sieht doch gut aus, oder?“

„Sieht aus wie'n ziemlich gefährlicher Zuhälter. Wie hat er sein Auge verloren? Bei einer Messerstecherei? Den Frauen gefällt er bestimmt, nehme ich an, der verdammte Katalanakinnen-Ficker … Für dieses Bild knöpf ich dir Geld ab, verlaß dich drauf! Ist die Zeichnung für ihn?“

„Nein, sie soll ein Geschenk werden.“

„Wie kann deine Frau sich mit solchen Kerlen wie dem einlassen? Wo gabelt sie die auf?“

„Vergiß nicht, daß Norma Soziolinguistin ist“, erwiderte Marés mit einer ganz fremd klingenden Stimme, die plötzlich von einer anderen Stimme unterminiert wurde, „daß sie ständig mit *charnegos* und deren Sprache zu tun hat ...“

„Was ist mit deiner Stimme los?“

„Weiß ich nicht.“

Cuxot stieß ein Grunzen aus und malte weiter.

„Na schön, und was willst du jetzt tun?“

„Nichts. Ich weiß, wie die Geschichte weitergeht, und das geht mir ’n bißchen auf den Sack. Aber tun werd ich nichts.“

„Weißt du was, Marés? Du bist ein Riesenhornochse! Steck dir deine Geschichten vom Gehörnten sonstwohin!“

Marés ließ seinen Kopf zur Seite sinken, preßte die Wange langsam auf das Akkordeon und setzte zu einer *Sardana* mit so lauten Akkorden an, daß ein weiteres Gespräch unmöglich wurde.

Sie hockten in der Avinguda Portal de l’Angel, gegenüber dem Warenhaus Jorba. Der Boden um sie herum war mit Reklamezetteln in allen Farben übersät. Cuxot saß auf seinem Klappstuhl und malte auf Anweisung von Marés Fanecas Bild auf ein Stück Pappe, und Marés spielte auf dem Akkordeon *La*

Santa Espina, wobei er auf dem Boden hockte, vor der Brust ein zweisprachiges Schild, halb auf kastilisch, halb auf katalanisch:

KATALANISCHER MUSIKER
VON TVE IN MADRID GEFEUERT
MIT 12 KINDERN UND OHNE ARBEIT.

Er hatte sich vorgenommen, bis zwei oder drei Uhr nachmittags zu arbeiten, eine Kleinigkeit mit Cuxot und Serafín zu essen und dann wenigstens bis sechs weiterzuspielen. Aber um kurz nach eins verspürte er eine so große Unruhe und Beklemmung, daß seine Hände sich verkrampften und er nicht weiterspielen konnte. Cuxot riet ihm, den Text des Schildes zu ändern, er sei wirklich zu dämlich, sagte er; aber bei vielen Passanten erweckte er Mitleid, oder sie fanden den Text witzig, und sie gaben Marés Geld. Plötzlich fiel ihm das rechte Auge zu, und er konnte es nicht wieder aufmachen. Cuxot bemerkte es.

„Was ist mit deinem Auge los? Warum kneifst du das Auge so fest zu?“

„Weiß ich nicht. Ich muß aufhören, ich fühle mich nicht gut …“

„Kollege, wenn du deine Phantasie nicht bremsen kannst, wirst du noch bekloppt.“

„Ich bin ganz durcheinander. Seit ein paar Tagen wird mir ständig schwindlig, und ich vergeß alles. Manchmal schaff ich’s kaum, nach Hause zu kommen, ich weiß dann nicht mehr, in welcher Etage ich wohne … Glaubst du, ich hab die Alzheimer Krankheit, bei der man alles vergißt?"

„Von wegen Alzheimer Krankheit und alles vergessen, so'n Quatsch!" knurrte Cuxot. „Du säufst zuviel, das ist deine ganze Krankheit."

„Wann hast du das Bild von meinem Freund fertig?"

„Wenn du noch einen Augenblick wartest, kannst du's mitnehmen."

Doch dafür blieb keine Zeit mehr. Plötzlich erhob sich ein feuchter Wind, und der Himmel verdunkelte sich, die bunten Reklamezettel wurden durch die Luft gewirbelt, und am Himmel ballten sich graue Wolken und Taubenschwärme zusammen. Marés fühlte sich wieder benommen, ihm war es, als stocke das Blut in seinen Adern. Er nahm sein Akkordeon und das Geld, und von einem Strudel aus Kummer und Leid fortgerissen, lief er fort, als wäre der Teufel hinter seiner Seele her, die Hände in den Taschen, mit eingezogenem Kopf und auf einem Auge blind.

11

Während der Schwindelanfälle, die ihn mal durcheinanderbrachten, mal stimulierten, ahnte er, daß er etwas bewahren müsse, das irgend etwas mit seiner Selbstachtung zu tun hatte, wo immer diese geblieben sein mochte, nachdem er sie vor so vielen Jahren verloren hatte. Eilig setzte er vor dem blinden Spiegel Fanecas Bild wieder zusammen, dann zündete er sich eine Zigarette an und entspannte sich. Er zog den braunen Anzug mit den breiten weißen Streifen an und bürstete das doppelreihige Jackett ab. Das Blut begann wieder in seinen Adern zu pulsieren. Das grüne Auge sah ihn fröhlich und spöttisch aus dem Nebel des blinden Spiegels heraus an, während sich der Zigarettenrauch vor seinem andalusischen Gesicht kringelte.

„Du wirst mich nicht noch einmal nerven, Marés“, sagte er zu sich. „Du wirst mir das Akkordeonspielen beibringen, und dann brauch ich dich nicht mehr.“

Er öffnete den Kühlschrank und aß ein paar Scheiben gekochten Schinken und zwei Äpfel. Dann holte er einen kleinen Koffer vom Schrank und packte Unterwäsche, Hemden, Socken und ein paar Krawatten ein. Das rosafarbene Seidenhemd fand er nicht. „Das wird er angezogen haben“, dachte er. Er holte das Rasierzeug aus dem Badezimmer und legte es auch in den Koffer. Schließlich setzte er sich an den Tisch und schrieb: „Marés, mein Freund, ich warte ungeduldig auf Nachricht von Deiner Ex-Frau. Ich befürchte, sie kann jeden Augenblick in der Pension anrufen oder dort vorbeikommen und mich nicht antreffen. Deshalb hab ich beschlossen, mich abends dort aufzuhalten. Mit Deiner Erlaubnis nehme ich etwas Wäsche mit und die Hefte mit Deinen Erinnerungen, damit Norma sie lesen kann. Ich weiß, es wird ihr sehr gefallen. – Werd etwas Geld brauchen, deshalb nehm ich auch ein Scheckheft mit. Deine Unterschrift werd ich fälschen. Gruß FANECA."

Er sah auf die Uhr – halb vier –, kochte Kaffee und goß einen Schuß Kognak in die Tasse. Nach dem ersten Schluck *carajillo* beschloß er, die Ereignisse nicht abzuwarten, sondern voranzutreiben. Es war Samstag, und er hoffte, Norma entspannt und empfänglich zu Hause anzutreffen, vielleicht im Morgenmantel und des Alleinseins überdrüssig … Die kurzsichtige, träge und häusliche Norma, die Marés gut kannte, die Norma, die sich insgeheim freuen wird, dich zu sehen, Faneca, sagte er zu sich.

Eine halbe Stunde später war er in der Villa Valentí, den Koffer in der Hand und die Hefte unterm Arm.

„Sagn Se der Señora, daß ich ihr das bring, was sie haben wollte", sagte er zu dem philippinischen Dienstmädchen. „Die Memoiren von Ihrm Mann."

Das Mädchen führte ihn in denselben Raum wie beim ersten Mal. Die Sonne brannte auf die Fensterscheiben, aber im Zimmer war es dämmrig. Der alte

Parkettfußboden knarrte angenehm unter seinen Füßen, und dieses Knarren ließ in ihm beglückende Erinnerungen aufsteigen, so daß er es vorzog, sich nicht hinzusetzen. Während er wartete, blätterte er in den Schulheften. Drei waren es, mit grauen, ziemlich abgegriffenen Einbänden und linierten, in einer neurotischen, jedoch gut lesbaren Handschrift vollgeschriebenen Seiten. „Zum Glück hat Marés eine schöne Schrift“, dachte er.

Wie beim ersten Mal begrüßte Norma Valentí ihn mit einem neugierigen Funkeln in den Augen und mit leicht geziertem Benehmen: Nicht das, was den Mann hierherführte, interessierte sie, sondern vielmehr der Mann selbst. Sie trug eine enge weiße Hose, die ihren hübschen Hintern zur Geltung brachte, und eine geblümte Bluse; sie war barfuß und ein wenig zerzaust, wirkte jugendlich und sah aus, als wäre sie soeben aus dem Bett gestiegen. Sie wandte ihren Blick nicht von dem einäugigen, arroganten *charnego* ab, und manchmal schien es, als verkneife sie sich ein Lachen.

„Ich werde es noch heute abend lesen“, sagte sie, nachdem sie ihm für die Hefte gedankt hatte. „Ich bin sehr gespannt ... Spricht er gut über mich?“

„Er spricht in den höchsten Tönen von Ihnen, mit viel Herz und Schmerz. Als er Sie verloren hat, hat er den Verstand verlorn ... Aber vor allem erinnert er sich in den Heften an seine Kindheit.“

„Er hat mir sehr wenig über sein Leben erzählt. Ich war mit einem Unbekannten verheiratet ... Aber setzen Sie sich doch, bitte.“

„Was wolln Se wissen?“ Er setzte sich steif auf den Sesselrand und drehte den Kopf ein wenig zur Seite, um sie mit seinem freien Auge anzusehen. „Ich weiß alles über den Unglücksraben.“

Norma setzte sich aufs Sofa, schlug die Beine übereinander und nahm die Zigarette, die er ihr anbot.

„Vielen Dank ... Zum Beispiel, war er wirklich ein Waisenkind? Oder wollte er nicht über seine Eltern sprechen?“

„Seine Mutter hat sich oft die Hucke vollgesoffen, Señora Norma. ’n Vater hatte er keinen. Besser gesacht, es sollte keiner wissen, daß er der Sohn von’m Zauberer war.“

„Von einem Zauberer! Wie schön!“

„Ja, Scheiße, von wegen schön!“ entwischte es ihm.

‚Paß auf, du Idiot!‘ sagte er mit neutraler Stimme zu sich, und plötzlich wußte er nicht mehr, wem jene Stimme gehörte. Er verlor die Fassung, bekam einen Schwindelanfall: Einige beklemmende Sekunden lang spaltete sich die Erinnerung an das Ich im Niemandsland auf.

Ohne den Ausrutscher zu bemerken, zündete Norma sich die Zigarette mit seinem Streichholz an. Dann sagte sie nachdenklich:

„Jetzt, da Sie’s sagen ... In gewissem Sinne hat Joan viel von dem ... Zauberer geerbt, nun wird mir’s klar ...“

„Pah, Ihnen iss ganix klar! Der Juanito Marés, den Sie gekannt ham, war ’n Märchen, ’ne Täuschung, ’n

Fabelwesen, das ’n Spinner aus der Calle Verdi erfunden hat, ’n Hirngespinst von Marés selbst.“

„Kann sein. Doch die Liebe, die er für mich empfand, war echt. War’s vom ersten Tag an.“

„Stimmt. Aber er war ’n armer Teufel ...“

„War? Sie sprechen von ihm, als wär er tot.“

„Mir iss auch so, als wär er tot, Señora. Er tut mir schrecklich leid, aber das, wasser jetzt durchmacht, hat er sich selbst zuzuschreibn. Der Junge war so was wie der Beschiß mit den gefälschten Weihnachtskarten, und jetz musser dafür bezahlen. Ich bin sein bester Freund, glaub ich, der einzige, der ihn versteht, aber ich weiß ehrlich nich, wie ich ihm helfen soll. Jeden Tach verstehn wir uns schlechter. Ich bin mehr ’n Draufgänger, und er iss ’n alter Blödmann.“

Mit einer gewissen Koketterie hielt er den Kopf schief und rückte die Augenklappe zurecht, dann überprüfte er, ob das Gummiband am Hinterkopf richtig saß, und fügte hinzu:

„Finden Se’s normal, auf der Straße Akkordeon zu spielen, Tach für Tach, bis zum Umfallen? Wir ham ’n paar gemeinsame Erinnerungen, das iss alles, was uns verbindet. Also ehrlich, wie der auf’n Hund gekommen iss, der Junge! So’n hübscher Katalane, intelljent und gebildet!“

„Ja, aber ... Er hat sich zu ernst genommen.“

„Und jetz steht er als Wrack anner Ecke, der Versager!“

„Sie übertreiben! Aber ich höre Ihnen gerne zu, wenn sie über Joan sprechen, es ist sehr amüsant.“

Norma kratzte sich den Fußrücken. Die Nägel ihrer Finger und Zehen waren mit transparentem, glänzendem Nagellack angemalt.

„Möchten Sie etwas trinken?"

„'n Gläschen Jerez wär nich schlecht."

Norma rief das Dienstmädchen und trug ihr auf, eine Flasche Jerez und zwei Gläser zu bringen. Dann schwieg sie eine Weile. Zusammengekauert saß sie auf dem Sofa, die Arme um ihre Knie gelegt, und starrte wie hypnotisiert den Murcianer an.

„Sie haben etwas an sich, das mich irgendwie irritiert", sagte sie schließlich. „Ich glaube, im Innern mögen Sie Joan nicht."

„Ich liebe ihn wie'n Bruder! Aber es macht mich wild, wie er sich so nach und nach umbringt."

„Ich habe mich oft gefragt, was er gemacht hat, nachdem ich ihn verlassen hatte, wie er zurechtgekommen ist ... Na ja, wovon er lebt."

„Darüber sprichter nicht gerne. Laut Cuxot, seinem Leidensgenossen, hatter Elektroarbeiten gemacht, schwarz."

„Was ich mir nicht erklären kann, ist, warum er so furchtbar schnell in der Gosse gelandet und zum Bettler geworden ist ... Ich meine", fügte sie, ein wenig erschrocken über ihre eigenen Worte, hinzu, „ich verstehe nicht, wie er sich von einem Tag auf den andern in einen elenden Straßenmusikanten verwandeln konnte."

„Das kanner selbs nich erklärn. Er sacht, eines Morgens in Walden 7 wär er aufgestanden und hätt sich im Badezimmer im Spiegel angeguckt, und der Spiegel hätt ihn festgehalten. Sachter jedenfalls. Konnte einfach nich weg aus'm Spiegel, auch wenner noch so sehr versucht hat, die Beine zu bewegen: so als wärn se auf'm Boden festgenagelt gewesen. Und er sacht, er hätt zweieinhalb Stunden so dagestanden und hätt sich angeguckt, und dann hätter sich alte Klamotten angezogen und kaputte Schuhe, hätt sich 'n gebrauchtes Akkordeon gekauft und hätt sich auf die Treppe vonner Metro gesetzt, 'ne Zeitung vor sich ausgebreitet, und dann hätter gespielt. So hat das angefangen. Verstehn Se das? Na, ich auch nich."

Norma bemerkte, es müsse wirklich etwas Schlimmes mit ihm passiert sein. Sicher eine tiefe Depression. Das Dienstmädchen brachte den Jerez, und Norma goß zuerst dem *charnego* und dann sich selbst ein Glas ein, während sie ihn bat, ein wenig aufgeregt jetzt, ihr noch mehr über Joan zu erzählen, bitte. Er kam ihrer Bitte eine halbe Stunde lang nach, und sie hatte das Gefühl, daß Faneca von seinem Freund sprach, als handle es sich um ein Phantom, eine Maske, um einen Hochstapler. In den Rauch seiner Zigarette gehüllt, reserviert und sarkastisch, beschwor der *charnego* das Stadtviertel und das Haus von Marés herauf, seine Mutter, eine Alkoholikerin, und ihre Freunde von der Bühne, den unbekannten Vater, der offensichtlich niemand anders als der Zauberer Fu-Ching war, die bettelarme Kindheit unter Bauchrednern und Akrobaten, die Auftritte des Toreros mit der Maske in den vierziger Jahren bei Varietévorstellungen im Kino Selecto, eine Gesangsnummer von Marés, bei der er *Pasodobles* und *Couplets* vortrug, verkleidet als Stierkämpfer mit Gesichtsmaske, und mit der er sehr viel Erfolg hatte. Und auch die Phantasien, die sie sich als Kinder zusammengesponnen hatten, beschwor er herauf, die goldenen Kuppeln der Villa Valentí und den großen Eukalyptusbaum im Garten und das endlose Eisengitter und die wahnsinnigen Schußfahrten mit dem Rollbrett, die „Rauchende Spinne" und das kleine Theater der Pfarrgemeinde, dann die Laienspielgruppen vom Gràcia, *El Orfeó Gracienc* und *La Violeta*, die ersten Rollen als jugendlicher Liebhaber, den Tod seiner Mutter, die Begegnung mit Norma in dem Versammlungsraum der „Freunde der UNESCO" ... Gleichgültig sprach er über die Vergangenheit von Juan Marés, ohne jede Anteilnahme, so als handle es sich um jemanden, dem er früher einmal sehr verbunden gewesen war, mit dem er jetzt aber nichts mehr zu tun hatte.

„Sie sind sein bester Freund, kein Zweifel", stellte Norma fest.

„Ich war's."

„Wenn Sie's nicht wären, wüßten Sie nicht so viele Dinge über ihn."

Sie schwieg eine Weile, während sie ihn aufmerksam beobachtete, und als sie gerade etwas hinzufügen wollte, stand er auf, ging leicht hinkend im Zimmer auf und ab, steif, eine Hand in der Hosentasche und in der anderen Hand das Glas Jerez, und ließ sich ansehen. Schließlich fragte Norma:

„Was ist das, der ‚Torero mit der Maske'?"

„Mit vierzehn konnte Marés bereits Akkordeon spielen und Gedichte vortragen", erklärte er. „Hat er alles von einem Varietékünstler gelernt, einem ehemaligen Jotatänzer, der 'n paar Jahre mit seiner Mutter zusammengelebt hat. Sein Künstlername war ‚Der Aragonier mit den Goldenen Füßen'. Der kleine Marés hatte in der Werkstatt von Señor Prats gearbeitet und dann bei einem Elektriker, hat das dann aber drangegeben, weil er davon geträumt hat, was ganz Tolles zu machen. Durch Beziehungen, die der Jotatänzer noch zum Varieté hatte, konnte Marés 'n paar Wochen im Selecto und im Moderno auftreten. Das warn Kinos, die nach den Filmen Varietévorstellungen gaben. Auf den Plakaten wurde Marés als ‚Torero mit der Maske' angekündigt. Er hat sich nämlich hinter der Maske versteckt, damit ihn keiner erkannte, aber wir wußten sofort, daß er's war. Auf der Bühne trug er 'n richtigen Toreroanzug und spielte Akkordeon und sagte Gedichte auf und sang *Pasodobles*. Den Leuten gefiel der Junge, aber seine Karriere war nur kurz. Seine Mutter und der Jotatänzer hatten die Schnapsidee, Gedichte auf katalanisch und *Sardanas* in sein Repertoire einzubaun, und das führte zum Fiasko. Der kleine Torero wurde im Selecto in der Calle Major de Gràcia ausgebuht, und das hat ihn so in seinem Stolz getroffen, daß er nich mehr im Glitzeranzug auf die Bühne wollte."

„Eine wunderschöne Geschichte!" sagte Norma.

„Sie brauchen sich nich wundern, daß Marés Ihnen

nie was davon erzählt hat. Er hat nich gerne über seine Niederlagen gesprochen. Und da iss noch was, was Se nich wissen: Ihr Mann iss auf die Welt gekommen wie einer, der innen Schuhkarton kriecht."

Norma lachte laut auf.

„Was reden Sie denn da?"

„Ich will auf der Stelle tot umfallen, wenn das nich stimmt!" Nach dem was seine Mutter erzählt habe, wenn sie etwas angeheitert gewesen sei, sagte Faneca lebhaft, habe Marés schon bei der Geburt seine artistischen Fähigkeiten unter Beweis gestellt. Nicht nur sei er mit dem Hintern zuerst rausgekommen, sondern gleichzeitig auch mit dem Kopf, das heiße, zusammengekrümmt wie die Assistentinnen von Zauberkünstlern, die imstande sind, mit dem Kopf zwischen den Beinen in einen Schuhkarton zu kriechen.

„Das ist ja unglaublich!" rief Norma. „So was hab ich noch nie gehört."

„Wenn ich's Ihnen sage, die reine Wahrheit."

Sein Mund war zu einem hochmütigen, leicht ironischen Grinsen verzogen, was Norma irritierte: Manchmal schien es ihr, als sei er daran interessiert, daß sie weder seinen Worten noch seiner äußeren Erscheinung Glauben schenken solle, so als fordere er sie auf, in eine tiefere Wahrheit einzudringen, die sie sehr viel glücklicher machen müsse. Nach weiteren Minuten des Schweigens, während dessen sie sich gegenseitig musterten, nahm Norma ihre Brille ab, um die Gläser mit einem Taschentuch zu putzen, und sagte:

„Warum unterhalten wir uns jetzt nicht mal ein wenig über Sie?"

„Mein Leben iss völlig unintressant."

„Woher wollen Sie das wissen ... Wie alt sind Sie, Faneca?"

„Auf wie alt schätzen Se mich?"

„Sie sind jünger als Joan. Vierzig ..."

„Lassen wir's dabei."

„Tierkreiszeichen?"

„Zwilling."

„Ach! Eine doppelte Persönlichkeit."

„Kann man wohl sagen. Ich hab alles doppelt, nur die Augen nich!"

„In Ihrem Alter, und außerdem leben Sie in Barcelona ... Wie kommt es, daß Sie kein Katalanisch sprechen?"

„Hab viele Jahre in Deutschland gearbeitet ..."

„Trotzdem, Mann", beharrte Norma. „Sie müßten sich doch daran erinnern. Kommen Sie, etwas werden Sie doch noch wissen! ... Können Sie wirklich nichts auf katalanisch sagen?"

„Nein, im Ernst."

„Wirklich überhaupt ganz und gar nichts? Das glaube ich nicht!"

Das Spielchen schien ihr Spaß zu machen, und lächelnd fuhr sie fort:

„Erzählen Sie mir nicht, Sie wären nicht imstande, ein Wort auf katalanisch auszusprechen, nur ein einziges! Also wirklich, Mann!"

„Na ja, wenn Se unbedingt drauf bestehn ... Als

Kind hab ich was gelernt, was ich oft von 'm Nachbarn gehört hab, das war 'n ziemliches Ferkel …"

„Was denn?"

„Ich sprech das so schlecht aus. Und ich schäm mich 'n bißchen."

„Es ist ganz normal, daß Sie einen Akzent haben, das ist doch nicht schlimm, deswegen brauchen Sie sich nicht zu schämen."

„Das iss nich nur wegen 'm Akzent, Señora …"

„Los, dann sagen Sie's, Mann! Trauen Sie sich!"

„Na schön, meinetwegen."

Er räusperte sich mehrmals und setzte sich kerzengerade im Sessel zurecht, sah Norma fest in die Augen, versuchte die dicken Gläser ihrer Brille zu durchdringen, und sagte dann mit der verstellten, heiseren Stimme auf katalanisch:

„Mach's mir auf französisch, Kleine!"

Norma sagte eine Weile nichts, zuckte nicht einmal mit der Wimper.

„Nur das?" fragte sie schließlich, und ihre Lippen lachten nicht so wie vorher. „Ich meine, ob Sie nicht noch etwas anderes sagen können … Möchten Sie noch etwas Jerez?"

Sie war aufgestanden und füllte die Gläser. Um besser sehen zu können, was sie machte – sie stand mit dem Rücken zum Fensterlicht –, ging sie um den Tisch herum und stand nun mit dem Rücken zu ihm, leicht vorgebeugt, so daß ihre Pobacken sich in der engen weißen Hose abzeichneten. Der falsche Murcianer betrachtete mit seinem grünen Auge das Schauspiel, erkannte die günstige Gelegenheit und sagte sich: „Jetzt oder nie!“ Er faßte den Entschluß innerhalb von Sekunden, aber in Wirklichkeit stand er ihm auf der Stirn geschrieben, seit er die Villa Valentí betreten hatte. Stolz näherte er sich Norma von hinten, und ohne es sich zweimal zu überlegen, faßte er mit seiner rechten Hand sanft an ihren Hintern. Sein Empfindungsvermögen war durch die Erregung des Augenblicks beinahe außer Kraft gesetzt, aber dennoch konnte seine Hand die erstaunliche Festigkeit ihres Hinterns erfühlen, das jugendliche Aufbäumen. Seltsamerweise war es ein einladender, unbekannter Hintern, den er nie richtig kennengelernt hatte und der in gewisser Weise nicht mehr zu ihm gehörte. Er ließ seine Hand auf der Pobacke ruhen und wartete, was passieren würde. Das Schlimmste wäre nicht, geohrfeigt oder beschimpft zu werden, dachte er, sondern plötzlich hier alleine zu stehen und das Dienstmädchen hereinkommen zu sehen und mit kühler Reserviertheit von ihr aufgefordert zu werden, das Haus zu verlassen ... Aber nichts dergleichen geschah. Norma sah sich ganz ruhig um und musterte ihn mit ihren unergründlichen, in einem gläsernen Strudel konzentrischer Kreise versunkenen Augen, und dann widmete sie ihre Aufmerksamkeit wieder der Tätigkeit, die zu beenden sie gerade im Begriff war: die Gläser mit Jerez zu füllen. Ihr Hintern drückte weder Überraschung aus, noch zitterte er; weder Anspannung noch Zurückweichen. Gleichgültig, hart, duldete er die Handfläche, so als hätte er nicht das geringste mit ihr zu tun. Das alles geschah sehr schnell, doch dem *charnego* kam es wie eine Ewigkeit vor: Ganz dicht hinter Normas Rücken, jedoch ohne ihn zu berühren, atmete er den warmen Duft ihrer Haare und ihres Nackens ein, während seine Hand auf der Beute lag und sie nun vorsichtig zu befühlen begann. Als Norma die Gläser gefüllt hatte, richtete sie sich auf und drehte sich langsam um.

„Sie sind ziemlich unverschämt!"

„Ich hab mir nix Böses dabei gedacht, Señora."

„Was Sie nicht sagen!"

„Hab ich Se beleidigt?"

„Fragen Sie nicht so dumm."

Sie setzte sich und schlug ganz langsam die Beine übereinander, lächelnd, ohne ihn anzusehen.

„Aber tun Sie das nie wieder, und schon gar nicht in meinem Haus."

„Sie sind 'ne wundervolle Frau."

Argwöhnisch kniff sie die Augen zusammen.

„Heilige Jungfrau Maria! Ich wüßte gerne, was Joan Ihnen über mich erzählt hat ..."

„Daß Sie mit Männern hervorragend umgehen können."

„Das ist fast schon eine Beleidigung. Aber reden wir vielleicht besser ein andermal darüber. Ich hab mich herrlich amüsiert, Faneca, vielen Dank." Sie stand auf und streckte ihm ihre Hand entgegen. „Wenn ich Joans Hefte gelesen habe, ruf ich Sie in der Pension an, und eventuell raffe ich mich auf und komm Sie besuchen. Ich glaube, ich würde gerne die Straße sehen, in der Sie und mein phänomenaler Mann aufgewachsen sind …"

„Prima! Und wann wär das?"

„Weiß ich nicht. Gehen Sie jetzt!"

Sie begleitete ihn nicht hinaus, doch er fühlte sich beobachtet, als er durch den Park ging und, vor allem, als er an dem grünen Teich stehenblieb, wo er wieder einmal an den goldenen, schlüpfrigen Fisch dachte, der damals Marés aus der Hand gehopst war, um für immer ins Nichts einzutauchen. Keine Panik, Fanequilla, sagte er leise zu sich, dir wird so was nicht passieren. Wir wissen, was ihr gefällt, eine Charnegozunge, die ihren katalanischen Körper ableckt, eine heiße Zunge, rauh und bedächtig wie die einer Katze, das ist es, wonach sie sich insgeheim sehnt, wir kennen sie gut …

Da er sich vom Fenster aus beobachtet wußte, ging er stolz über den Kiesweg auf das Gartentor mit dem Drachen zu, er ging kerzengerade, stilvoll, eine Hand in der Tasche und leicht hinkend.

12

Carmen trat ins Zimmer. Die Hände in die Hüften gestemmt, wich sie den Möbeln, die sie nicht sah, geschickt aus, ohne sie abtasten zu müssen, und blickte lächelnd ins Leere. Die tiefstehende Abendsonne blitzte in den Scheiben des geöffneten Fensters, und die blinden Augen des Mädchens orientierten sich zum Licht hin.

„Wo sind Sie, Señor Faneca?“

„Hier, Kind, am Fenster.“

„Was machen Sie?“

„Ich sehe auf die Straße.“

Sie setzte sich in den Schaukelstuhl, dem ausgeschalteten Fernseher gegenüber, und sagte nichts. Aus der Küche drang die Stimme ihrer Großmutter herüber, die sich mit Señor Thomás herumzankte. Nach einer Weile fragte Carmen:

„Woran denken Sie, Señor Faneca?“

„Ach, an nichts Besonderes. Ich dachte daran, wie es in dieser Straße vor vierzig Jahren ausgesehen hat, als ich noch ein Kind war ...“

„Und wie hat es ausgesehen?“

„Es passierte mehr ... Aber ganz sicher parkten hier nicht Tag und Nacht Autos, und es gab keine Ampeln. Sonst hab ich alles vergessen.“

Das Mädchen stieß einen Seufzer aus und sagte:

„Ich vergesse allmählich die Farben. Ich weiß, daß das Meer blau ist und der Baum grün und das Blut rot, aber an die Farben selbst kann ich mich kaum noch erinnern ... Manchmal vertu ich mich und stell mir das Meer schwarz vor. Das ist schrecklich!“

„Ach, was soll's“, sagte Faneca, um sie aufzuheitern. „Stell dir eine rosa Taube vor. Wie hübsch!“

„Bald werde ich die Farben der Blumen vergessen.“ Und nachdenklich fügte sie hinzu: „Ich werde den Regenbogen vergessen, Señor Faneca.“

Er sah sie traurig an, erwiderte aber sogleich:

„Nun, in dem Fall wirst du auch das Blut und die Fahnen vergessen ... Jedes Unglück hat sein Gutes, mein Kind.“

„Ich fange an, die Gesichter der Menschen zu vergessen“, fuhr Carmen fort. „Das ist das Schlimmste. Ich erinnere mich kaum noch an das Gesicht meiner Großmutter. Mit den Jahren werden die Gesichtszüge der Menschen, die ich kenne, aus meinem Gedächtnis gelöscht sein ...“

„Um so besser, Kleine! Es laufen viele häßliche Leute rum.“

„Sagen Sie das bitte nicht meiner Großmutter. Ich möchte nicht, daß sie traurig ist.“

„Natürlich nicht, mein Kind.“

Carmen schaukelte in ihrem Stuhl. Ihre grauen Augen blinzelten jetzt heftig, so als wollten sie das Licht einfangen.

„Aber nicht alles sieht für mich schwarz aus, wissen Sie?“ Das Mädchen lächelte tapfer. „Zum Beispiel träume ich immer in Technicolor.“

„Na, das ist ja wunderbar!“

„Deswegen schlafe ich auch so gerne ... Und auch die Filme im Fernsehen, die Sie mir erzählen, sehe ich in herrlichen Farben ... Stehen Sie immer noch am Fenster, Señor Faneca?“

„Ja, ich steh hier.“

„Und was ist im Moment auf der Straße zu sehen? Wären Sie so nett und erzählen mir, was Sie sehen?“

Er schwieg nachdenklich. Die Straße, die ihm immer wie eine fröhliche Rutschbahn zur Stadt hin vorgekommen war, das Sprungbrett seiner Kinderträume, sie lag menschenleer vor ihm.

„Eine grüne Katze überquert die Straße“, sagte er schließlich ernst. „Ist auf der anderen Seite stehengeblieben, vor dem Café, und leckt sich die Pfote. Und ’ne rosa Taube hat sich hier aufs Fensterbrett gesetzt, sie fliegt nicht weg, und sie sieht dich an, Kleine ...“

„Lügner!“ sagte das blinde Mädchen lachend.

13

An den folgenden Tagen spielte Marés morgens auf den Ramblas Akkordeon. Am frühen Nachmittag ging er nach Hause, und abends erschien Faneca adrett und charmant in der Pension Ynes, wo er der Señora Lola und Carmen Schmeicheleien sagte. Stets trug er seinen gestreiften braunen Anzug und stellte die schwarze Augenklappe mit einem Hochmut, der nicht frei von Ironie war, zur Schau. Nach einer Woche begann die neue Persönlichkeit gegenüber der alten an Boden zu gewinnen: Faneca tauchte immer früher in der Pension auf; zuerst kam er am späten Nachmittag, und dann, nach und nach, verschob er den Zeitpunkt nach vorn, bis er schließlich bereits nach dem Essen erschien.

Marés fühlte, wie sich seine Persönlichkeit mit jedem Tag mehr auflöste. Der elende Straßenmusiker, im Grunde ja ebenfalls eine erfundene Figur, wurde nach und nach zum Verschwinden gebracht: An manchen Tagen war er nicht imstande, ein einziges Wort auf katalanisch hervorzubringen, er spielte Akkordeon mit der schwarzen Klappe auf dem Auge und mit angeklebten Koteletten, und er machte einen abwesenden Eindruck. Zu Cuxot sagte er, so erwecke er mehr Mitleid bei den Passanten, und außerdem sehe er besser. Manchmal fiel Cuxot auf, daß er über sich selbst sprach, als handle es sich um jemand anderen, so als sei er gar nicht anwesend, und immer wurde er traurig: „Marés tut mir leid, der Blödmann, ihm werden wieder Hörner aufgesetzt…“ Er rauchte schwarze Filterzigaretten und trank direkt aus der Flasche. Er verlor seine Schüchternheit und ging mit erhobenem Kopf umher, und eine ungewohnte Bedächtigkeit bemächtigte sich endgültig seiner Hände und seiner Stimme, seine Gesten wurden förmlich und arrogant. Trotzdem schien er im großen und ganzen mit sich selbst mehr im Einklang zu stehen, sich besser in Szene zu setzen mit seinem überspannten, extrovertierten Benehmen. Auch sein musikalisches Repertoire veränderte sich. Er spielte jetzt *Pasadobles* und andalusische Tanzlieder, die vor Jahren durch Imperio Argentina und Estrellita Castro populär geworden waren. Vor seiner Brust hing ein Pappschild, auf dem mit roten Buchstaben geschrieben war:

EHEMALIGER SEKRETÄR
VON POMPEU FABRA
CHARNEGO, BUCKLIG UND TAUBSTUMM
BITTET UM HILFE.

Cuxot beendete die Kohlezeichnung von Faneca, und Marés nahm sie mit nach Walden 7, wo er inzwischen wie ein Gespenst wohnte. Aus den Augenwinkeln sah er sich durch die Spiegel huschen, lautlos und verschwommen, kaum wahrnehmbar. Er fühlte, daß Fanecas Maske ihn langsam auffraß, daß die Züge des *charnego* sein Gesicht überlagerten und die Finsternis in seinem rechten Auge zunahm.

Nachmittags dann in der Pension befand er sich in voller Übereinstimmung mit sich selbst, und er entfaltete eine rege Aktivität. Als erstes erkundigte er sich stets bei Señora Lola und ihrer Nichte, ob ihn eine gewisse Norma Valentí angerufen habe. Die Antwort war immer negativ. Gewöhnlich traf er Carmen in der Küche an, wo sie Teller abwusch oder Kartoffeln schälte, die aschgrauen Augen ins Leere gerichtet, und manchmal half er ihr beim Abwasch und scherzte mit ihr. Seit einiger Zeit aß er in der Pension zu Abend und ging dann häufig in die Kneipe gegenüber, wo er einige Partien Domino mit den alten Rentnern spielte, die sich noch an die Zeit erinnerten, als er mit seiner Bande durchs Viertel gestreift war. Der wie wahnsinnig in Norma verliebte Marés wurde in seiner Vorstellung zu einem immer bedauernswerteren Gespenst, und Norma war sein süßes Schicksal: Es stand geschrieben, daß er sie in irgendeiner Nacht verführen würde, wahrscheinlich in seinem Pensionszimmer; aber oft wußte Faneca gar nicht mehr, wann und warum er beschlossen hatte, sich auf so ein Unternehmen einzulassen. Dann beschloß er für sich, daß Warten das einzige war, was ihm blieb.

Beinahe ohne es zu merken, begann sein Leben sich im Umkreis des blinden Mädchens und ihrer Welt der Finsternis abzuspielen. Wenn Carmen nichts zu tun hatte, suchte sie ihn in seinem Zimmer oder in der Bar El Farol, nahm ihn bei der Hand und führte ihn unter

Schmeicheleien und Geschmuse in den Raum hinter der Rezeption, wo sie sich in den Schaukelstuhl setzte und ihn bat, ihr den Film im Fernsehen zu erzählen oder, wenn kein Film gezeigt wurde, die Werbespots oder was auch immer. Jene geschäftige und künstliche Welt voll verlockender Stimmen und Melodien, jenes andere, bunte Leben, von dem sie nur die Geräusche aufnehmen, die blasse Vergänglichkeit erfassen konnte, gelangte zu ihr mit Hilfe der verstellten Stimme Fanecas, die für jene Filme besonders überzeugend klang: Carmen mochte es am liebsten, wenn man ihr etwas erzählte, und ihren Worten zufolge konnte Faneca ganz wunderbar erzählen; er ließ sie den Film *sehen*, denn er beschränkte sich nicht darauf, die Bilder zu kommentieren, er beschrieb nicht nur die Kulissen und die Personen und das, was sie anhatten und was sie taten, sondern er erklärte ihre Gefühle und ihre geheimsten Gedanken. Laut Señor Tomás und Señor Alfredo, den beiden Rentnern, die normalerweise bei ihnen saßen, gewannen die Filme sehr, wenn sie von Señor Faneca erzählt wurden; es sei besser, sagten sie, zuzuhören als zuzusehen – auch wenn ihre liebenswürdige Einschätzung zum Ziel hatte, das blinde Mädchen zu trösten. Auf jeden Fall ließ sich das Mädchen die Filme so gerne erzählen, daß Faneca manches Mal versuchte, sich vor dem zu drücken, was so langsam eine Verpflichtung zu werden begann. Aber wenn er den Fehler machte, einen Blick in den Raum zu werfen, und er Carmen alleine vor dem Fernseher sitzen sah, wie sie das flimmernde

Licht trank und sich bemühte, sich das, was sie nicht sehen konnte, vorzustellen, oder wie sie die Fernbedienung abrupt betätigte und das Programm wechselte auf der Suche nach einer Stimme, die sie faszinierte, dann überkam ihn ein Gefühl, das er nicht unterdrücken konnte, und er setzte sich schließlich neben sie und erzählte ihr, was es zu sehen gab. Abends nach dem Essen, wenn er in der Kneipe gegenüber Domino spielte, kamen Señor Tomás oder Señor Alfredo herein und blickten sich suchend nach ihm um: Das Mädchen habe nach ihm gefragt, ob er sich nicht den Film ansehen wolle, denn wer sonst könne ihn ihr erzählen …

„Sie haben sehr viel Geduld mit mir, Señor Faneca“, sagte Carmen eines Abends zu ihm. „Glauben Sie nicht, ich würde das nicht merken!“

„Ruf nur immer nach mir, wenn du mich brauchst.“

„Ich bin nämlich eine Filmbesessene, wissen Sie?“

„Kann man wohl sagen.“

„Ich würde gerne etwas machen … Darf ich?“

„Was denn, mein Kind?“

„Ihr Gesicht berühren. Fühlen, wie es aussieht.“

„Und wie glaubst du, wie sehe ich aus?“

„Ich sehe das Gesicht eines guten Menschen. Groß, schlank, dunkel … Aber ich möchte es überprüfen.“

Sie hob die Hand zu seinem Gesicht und befühlte es sacht mit ihren Fingerspitzen, so als betaste sie etwas sehr Zerbrechliches oder etwas Heißes, hielt kurz auf der feinen Adlernase inne, auf den hohen

Wangenknochen, den Koteletten, den Lidern und schließlich auf der schwarzen Klappe, die sein rechtes Auge verdeckte. Unbeweglich, mit angehaltenem Atem, ließ er sie gewähren, so als handle es sich um ein Ritual, und er sah sich in ihren grauen Augen widergespiegelt. Als die Hand seine Augenklappe berührte, zuckte sie leicht zurück.

„Ganz ruhig!“ sagte er mit sanfter Stimme. „Ich bin's, Faneca, Fanequilla.“

„Sie sehen nur mit einem Auge?“

„Bei dem, was es zu sehen gibt, reicht ein Auge voll und ganz für uns beide.“

Von der Straße drangen Hundegebell und Kindergeschrei herein. Carmen ging zum Fenster und drückte ihre Stirn gegen die Scheibe.

„Was ist da los?“ fragte sie. „Warum schreien die Kinder?“

„Auf dem Bürgersteig hockt eine Taube, die kann nicht wegfliegen“, erklärte Faneca. „Ein Hund bellt sie an, und eine Meute Kinder hetzt ihn auf ...“

„Gucken wir wieder Fernsehen“, unterbrach sie ihn und ging zu ihrem Schaukelstuhl zurück. „Bitte.“

Die Einsamkeit erfindet sich Spiegel, dachte er, als er sie wieder vor dem Fernsehapparat sitzen sah.

„Bitte, Señor Faneca ... Wo sind Sie?“

„Ich bin hier, mein Kind.“

14

Beinahe jeden Morgen fuhr Faneca in die Wohnung von Walden 7 und vollzog die immer mühsamere Wandlung zu dem zerlumpten Straßenmusiker, der in der Gesellschaft von Cuxot oder Serafín, dem Buckligen, Akkordeon spielte.

Eines Tages, Anfang Juni, ging der Straßenmusiker nicht wie jeden Morgen auf die Ramblas, und Faneca stellte sich auf der Plaza Lesseps an eine Ecke und spielte Akkordeon, im Torerokostüm und mit schwarzer Augenmaske. Cuxot und Serafín sah er nicht wieder. Er hatte in einem Kostümverleih im Raval einen reichlich mitgenommenen , smaragdgrün und goldenen Toreroanzug erworben und beschlossen, sich von Marés das Akkordeon zu leihen, um sich seinen Lebensunterhalt in der Nähe der Pension zu verdienen. Stehend spielte er gefühlvolle *Sardanas* und den *Cant dels ocells*, und auf dem Schild vor seiner Brust stand:

DER TORERO MIT DER MASKE
DANKT ALLEN KATALANEN
FÜR IHRE SPRICHWÖRTLICHE
GASTFREUNDSCHAFT.

Entgegen allen Erwartungen erweckte die Mischung aus Torerokostüm und katalanischer Musik, der Kontrast aus Stierkampf und *Sardana* die Aufmerksamkeit und die Sympathie der Passanten, und die Einnahmen waren gut, wenn auch nicht so gut wie früher.

In jener Zeit, an einem Sonntag, an dem er nicht arbeitete, stattete er mittags, nachdem er mit Carmen im Parque Güell spazierengegangen war, der Wohnung in Walden 7 einen Besuch ab, der sein letzter sein sollte, was er damals aber noch nicht wußte. Er wollte etwas Unterwäsche holen, die Marés gehört hatte, und dann zu Señora Griselda gehen, um ihr die Kohlezeichnung zu schenken, die Cuxot für ihn angefertigt hatte. Er wollte ihr etwas Nettes schenken, bevor er für immer aus ihrem Leben verschwand.

Marés' Wohnung war sauber und ordentlich, aber sie wirkte bereits fremd, geheimnisvoll und kalt. Sie kam ihm vor wie die Zufluchtsstätte eines einsamen Menschen, die schon vor langer Zeit aufgegeben worden war. Man konnte noch die Illusionen einer Leidenschaft erahnen, die sie früher einmal, zusammen mit den Alpträumen der Enttäuschung, beherbergt hatte. Draußen lösten sich immer noch die Plättchen von der Fassade, das seltsame, chamäleonartige Gebäude stellte seine nackten Mauern zur Schau, den leprösen Zement der Täuschung. Auf dem Küchentisch lag eine dringende Nachricht der Putzfrau mit der Aufforderung an Marés, sich unbedingt einmal blikken zu lassen. Faneca beäugte sich verstohlen in den

Spiegeln, und wieder hatte er das heftige Gefühl, daß er den Zufluchtsort eines Einsamen, eines Menschen, der nicht glücklich war, entweihte. Als er ins Schlafzimmer trat, sah er auf dem Bett das rosafarbene Seidenhemd liegen und darauf fünf Blankoschecks mit Marés' Unterschrift, zusammen mit einer Nachricht:

„Lieber Fanequilla, hier hast Du mein Lieblingshemd. Ich weiß, daß es Dir sehr gefällt und daß Du es immer gerne angezogen hast. Ich geb Dir auch ein paar unterschriebene Schecks mit, da ich annehme, daß Du nicht besonders gut bei Kasse bist, bei den Ausgaben, die Du in letzter Zeit hattest. Nimm Dir aus diesem Loch mit, was Du willst, mir ist alles egal … Seit einiger Zeit geht es mir nicht gut, ich glaube, ich leide an Gedächtnisschwund. Ich befürchte, daß mir plötzlich etwas Schlimmes zustoßen könnte. Ich denke aber noch oft an Dich. Laß Dich umarmen von Deinem Freund, der Dir viel Glück im Leben wünscht. Immer Dein MARÉS."

Nachdenklich stand er am Fußende des Bettes. Er nahm die Schecks, faltete sie sorgfältig zusammen, und steckte sie in die Tasche; dann nahm er das rosafarbene Hemd, und ohne daß er etwas dagegen tun konnte, verbarg er sein Gesicht in der Seide und fing an zu weinen.

15

„Hallo, Grise."

„Daß man dich auch mal wieder sieht!"

Die Witwe freute sich sehr, ihn zu sehen. Sie kam soeben aus der Dusche und trug eine Plastikhaube mit grünen und gelben Blümchen sowie einen kirschroten Bademantel. Stürmisch warf sie die Arme um seinen Hals und umhüllte ihn mit einem erfrischenden Duft nach Kölnisch Wasser. Faneca hielt eine Tüte mit der Unterwäsche von Marés in der Hand und die zusammengerollte Kohlezeichnung von Cuxot unterm Arm. Sie ließ ihn eintreten, bot ihm ein kühles Bier und gesalzene Mandelkerne an und bestand darauf, daß er zum Essen bleiben solle. Er aber lehnte ab und überreichte ihr die Kohlezeichnung von sich. Señora Griselda war sehr gerührt und versprach, sie einzurahmen und im Salon aufzuhängen, und dann schimpfte sie freundschaftlich mit ihm, weil er sie so lange vernachlässigt habe. Aber sie verzieh ihm, denn sie hatte jetzt einen Freund und war glücklich, Rafael hieß er und war Platzanweiser im Kino, und sie waren nun schon zwei Monate zusammen. Zwar war er nicht so elegant und stolz und hübsch wie Faneca, hatte auch weder grüne Augen noch gekräuseltes Haar, doch er war ein anständiger Kerl und behandelte sie sehr liebevoll.

„Seit uns nämlich das damals passiert ist", fügte sie hinzu, wobei sie ein aufreizendes Lachen unterdrückte, „seit du und ich ... seit wir zwei das kleine Abenteuer hatten, hat sich mein Leben völlig verändert. Als wär ich aus einem Alptraum erwacht, als wäre eine Pechsträhne gerissen oder was weiß ich. Hab mich nicht mehr so alleine gefühlt, und außerdem hab ich abgenommen. Guck mich an, Schätzchen, guck dir meine Figur an! Fünfzehn Kilo hab ich verloren, und alles läuft nach Wunsch."

„Freut mich für dich, Grise", sagte er gleichgültig.

„Und arbeiten tu ich auch nicht mehr in dem verlausten Kino an der Kasse. Ich verkauf jetzt Bonbons und Schokolade in der Eingangshalle vom Club Coliseum. Wie findste das?"

„Wunderbar."

Er war niedergeschlagen, desorientiert, und sie bemerkte das.

„Du bist traurig, Tiger. Was ist los mit dir?"

Faneca stieß einen Seufzer aus.

„Ich komm grade von deinem Nachbarn."

„Ach, dem Freund von dir ..."

Verächtlich verzog sie den Mund, ihr Porzellanhändchen ergriff eine gesalzene Mandel, legte sie aber wieder zurück auf das Tellerchen.

„Der versoffene Akkordeonspieler, der mit sich selbst spricht ... In letzter Zeit sieht man ihn selten. Neulich ist er über den Flur gehuscht, als wär jemand hinter ihm her. Wie'n erschrockenes Gespenst! Aber leid tut er mir nicht, das mußt du nicht meinen. Er war immer grob und unverschämt."

„Zu mir war er verdammt anständig, Grise", sagte er. „Und willste wissen, wie ich's ihm heimzahl? Na ja, ich versuch auf 'ne ganz beschissene Tour, mit seiner Frau ins Bett zu steigen ... Jetzt weißt du, was ich für'n Freund bin, Grise."

„Hast du mir denn nicht erzählt, daß seine Frau ihn verlassen hat ...?"

„Verdammte Scheiße!" fluchte Faneca und schüttelte nachdenklich den Kopf. „So dumm, wie er ist mit seiner fixen Idee, er tut mir leid. Das Gefühl, dasser immer noch für seine Frau hat, wo er doch weiß, daß sie 'n treuloses Flittchen iss, und wo se doch schon Jahre getrennt lebn, ich versteh das einfach nich ... Die Geschichte macht mir 'n ziemlichen Kummer, Grise. Ich hab mich da auf was eingelassen ..."

„Aber weiß er denn, was du vorhast?"

„Er würd die Hand für mich ins Feuer legen. Willste wissen, was er mir grade geschenkt hat, der Blödmann?" Faneca holte das rosafarbene Seidenhemd aus der Tasche und zeigte es ihr. „Hier ... Dieser verdammte Blödmann!"

„Hübsch, sehr hübsch", sagte sie und befühlte den Stoff. „Sehr elegant. Aber zerbrech dir nicht den Kopf, Tiger. Wenn sie nicht mehr seine Frau ist, dann brauchst du dir nichts vorzuwerfen. Du mußt zusehn, daß du glücklich bist. Das Glück ist schließlich das Wichtigste, meinst du nicht?"

„Ja, das Wichtigste", sagte er und verspürte plötzlich das übermächtige Verlangen, sich bei jemandem auszusprechen. Er erzählte ihr von Carmen, der blinden jungen Frau, die sich daran gewöhnt habe, daß er ihr die Filme erzähle und das, was man vom Fenster aus sah. Eine halbe Stunde sprach er voller Begeisterung von ihr und ihrer Großmutter, von der Pension Ynes und der Bar El Farol und seinen neuen Freunden im oberen Abschnitt einer Straße, in die er seit seiner Kindheit gehöre und die bis zum Himmel hinaufführe.

„Ich mag dieses blinde Mädchen sehr", sagte er. „Ich ersetze ihr das Augenlicht."

„Du bist ein guter Kerl", erwiderte sie, und ihr rosiges Doppelkinn zitterte.

„Nein, ich bin nich gut. Ich bin 'n alter Scheißkerl, der durch das Leben so geworn iss ... Ich mein, ich möcht gern 'n guter Scheißkerl sein, der durch das Leben so geworn iss ..."

„Hoffentlich hast du jetzt mehr Glück", insistierte sie, so als habe sie ihn nicht gehört. „Gute Menschen wie du haben nicht viel Glück im Leben."

Er gab keine Antwort, und eine Weile saßen sie nachdenklich da. Die Witwe streichelte mit ihrer drallen, wohlduftenden Hand seine Wange und lächelte glücklich. Als sie die Hand zurückzog, konnte sie der Versuchung nicht widerstehen, mit den gesalzenen Mandelkernen herumzuspielen. Plötzlich verwandelte sich ihre Hand in eine Kralle, die sich mit der Grausamkeit eines Raubvogels eine Mandel vom Teller schnappte.

„Ich geh jetz, Grise“, sagte Faneca und stand auf. „Wollte mich nur von dir verabschieden. Freut mich, daß du ’n Mann gefunden hass, der dich liebt und zu dir hält. Ich werd nämlich nich mehr wiederkommen. Hätte nie aus meinem alten Viertel weggehn solln. Jetz bin ich zurückgekehrt und werd dableiben.“

„Wir werden uns nie wiedersehn? Sag sowas nicht ... Komm, gib mir ’n Kuß.“

Schnell hatte sie sich den Mandelkern in den Mund geworfen und kaute nun mit kaum verhohlenem Genuß. Als er sich zu ihr hinunterbeugte, um ihr einen Abschiedskuß zu geben, musterte er sie genauer. Es stimmte, sie hatte mehrere Kilo abgenommen, wenn auch nicht soviele, wie sie behauptete; vier oder fünf vielleicht. Aber der resignierte Gesichtsausdruck einer sentimentalen, ungeliebten Dicken, die genügsame Zufriedenheit mit sich selbst und ihrem kleinen, alltäglichen Glück, das alles hatte sich nicht verändert.

„Wiedersehen, mein Tiger“, sagte Señora Griselda von ihrer Wohnungstür aus. „Bleib ein guter Mensch, und alle deine Wünsche sollen in Erfüllung gehen.“

„Leb wohl, Grise.“

16

In seinem verwirrten Bewußtsein gab es keine Spur mehr von dem Marés, der er einmal gewesen war, und das Gespenst des einsamen Neurotikers von Walden 7 verflüchtigte sich mit jedem Tag mehr, als Faneca am Abend des 15. Juni, eines Freitags, sich anschickte, Carmen den Film zu erzählen, der im Programm angekündigt wurde, eine Intrige um giftmischende Nazis und unglückliche Liebe. Es war der Spätfilm, der bis ein Uhr nachts dauerte. Er saß neben der Blinden und hielt ihre Hand. Im Zimmer war es warm. Señor Tomás saß bei ihnen, er trug seine Pyjamajacke und rauchte seine krummen, selbstgedrehten Zigaretten. Señora Lola hatte die Küche aufgeräumt und sich ebenfalls für einen Moment vor den Fernsehapparat gesetzt, doch die Müdigkeit übermannte sie, und sie ging zu Bett. In dem Augenblick, als der Film beginnen sollte, kam ein Junge über die Straße gelaufen und beugte sich durchs Fenster, um Señor Faneca mitzuteilen, daß eine Señora in der Bar El Farol nach ihm gefragt habe.

„Sie sitzt an der Theke", erklärte er. „Ob Sie rüberkommen könnten."

„Ist sie alleine?"

„Ein Herr ist bei ihr."

Das irritierte ihn. Auf jeden Fall war das aber der

Moment, den er so sehr herbeigesehnt hatte. Er ließ die Hand des Mädchens los und stand auf. Hatte er den plötzlichen Widerwillen, dieses Gefühl der Leere vorausgeahnt? Er verspürte nicht die mindeste Erregung, nicht die leiseste Ungeduld. Er entschuldigte sich bei Carmen, die ihren Unmut nicht verhehlte, bat Señor Tomás, ihn zu vertreten und Carmen den Film zu erzählen, und warf, bevor er die Pension verließ, einen prüfenden Blick in den Spiegel neben der Rezeption. Er sah einen adretten, sich geradehaltenden *charnego*, der ihn aus einem Winkel des Spiegels musterte, den Mund zu einem spöttischen Grinsen verzogen und mit dem grünen Auge verschlagen zwinkernd, überzeugt davon, daß er gefallen würde.

Mit kleinen Schritten, eine Hand bis zum Daumen in die Tasche seines Jacketts geschoben, mit erhobenem Kopf, überquerte er würdevoll die Straße, so als werde er von Leuten umringt und gefeiert wie ein Torero, und blieb vor dem Eingang der Kneipe stehen, weil er Schritte hinter sich hörte. An der Straßenecke neben der Pension warf die defekte Laterne ihr kühles, trügerisches Licht flackernd auf die Dächer der parkenden Autos. In der Dunkelheit stand dort ein Mann, der sich seit mehreren Tagen nicht mehr rasiert hatte, in einer abgetragenen grauen Flanellhose, die Hände in den Taschen und den Kopf gesenkt. Er sah unglücklich aus, nahe daran zu weinen. Als er zur Seite sah und das milchige Laternenlicht flackernd über sein Gesicht glitt, glaubte Faneca ihn zu erkennen und zuckte zusammen: Ihm fehlt nur das Akkordeon, dachte er tief bekümmert.

„Was machst du hier?“ fragte er mit seiner traurigen Stimme. „Los, verschwinde! Laß mich zufrieden.“

Der Mann wackelte richtungslos mit dem Kopf, murmelte wüste Beschimpfungen und Flüche und sah Faneca aus der Tiefe seines Rausches oder seiner anonymen Einsamkeit heraus an; dann drehte er sich um, entfernte sich mit krummem Rücken und verschwand in der Nacht.

17

Faneca betrat die Kneipe. Vier alte Männer spielten Karten, und ein junges Pärchen saß an einem Tisch im Hintergrund. Norma Valentí erwartete ihn an der Theke und trank Whisky. Neben ihr stand, ein Glas Kognak in der Hand, sein Jackett über die Schultern geworfen, Jordi Valls Verdú, der nervös von einem Bein aufs andere trat. Sie redeten leise, aber angespannt miteinander. Der Kulturaktivist war nur widerwillig mitgekommen und schimpfte leise. Norma trug eine Sonnenbrille und ein grünes Kopftuch, und sie wirkte etwas beschwipst. Sie machte die beiden Männer miteinander bekannt:

„Faneca ... Valls Verdú."

„*Molt de gust*", murmelte Valls Verdú, wobei er noch ärgerlicher dreinsah.

„Hallo."

Sie gaben sich nicht die Hand. Der Soziolinguist sah in sein leeres Glas und ging mürrisch und ungeduldig hin und her. Norma hatte ihre Handtasche geöffnet und lächelte den *charnego* an.

„Ich wollte Ihnen die Lebensbeichte meines Mannes zurückgeben", sagte sie.

Sie nahm die Hefte aus der Tasche und reichte sie ihm.

„Hat's Ihnen gefallen?" fragte er.

„Diese Geschichten von dem kleinen Akrobaten, der Gedichte vorträgt und seinen Goldfisch verliert, sind ganz witzig“, antwortete Norma. „Doch ich bezweifle, daß sie wahr sind.“

„Sind se aber. Sie ham ihm nie geglaubt. Ham Ihren Mann nie richtig gekannt ...“

„Das stimmt“, gab Norma zu.

„Jaja, sie kennt sich selbst nicht“, brummte Valls Verdú auf katalanisch und musterte Faneca. „Hören Sie, Señora Valentí hat zu mir gesagt, komm mit, heute abend lernst du einen Murcianer kennen, der ist ein großartiges Schauspiel. Hahaha“, lachte er gekünstelt. „Sind Sie dieses Schauspiel? Na, hören Sie, so toll ist es ja nicht ...“

Norma wies ihn in eisigem Tonfall auf katalanisch zurecht:

„Willst du wohl einmal still sein?“

Der Soziolinguist gab sich für den Augenblick geschlagen, und sein Gesicht nahm den Ausdruck eines geprügelten Haustieres an, eine Art hündische Ergebenheit. Man war versucht, ihm ein Plätzchen oder ein Stückchen Zucker zuzuwerfen. Der falsche *charnego* zog es jedoch vor, ihn nicht zu beachten, und wandte sich an Norma:

„Marés war immer ’n elender Träumer, Señora.“ Nachdenklich schüttelte er den Kopf. „Was soll man da machen!“

„Schenken Sie sich Ihr Mitleid!“ rief Valls Verdú, ohne ihn anzusehen, während er die Getränke bezahlte. „Ihm ging es sehr gut, solange dieses gutmütige Schaf hier ihn ausgehalten hat." Und zu Norma gewandt, fügte er auf katalanisch hinzu: „Und jetzt laß uns gehen, du. Ich ertrage diesen schleimigen *charnego* nicht länger. Los, gehn wir!"

Norma drehte sich jäh samt Hocker zu ihm um und zischte ihm auf katalanisch zu:

„Ich laß mich nicht herumkommandieren, von niemandem! Ich bleibe."

„Du bist eine Hure!"

„Und du bist ein Idiot!"

„Weißt du was, Kleine? Von mir aus kannst du bleiben, wo der Pfeffer wächst!"

„Und du kannst dich zum Teufel scheren!"

Der Soziolinguist schien endgültig die Fassung verloren zu haben. Hektisch nahm er das Wechselgeld von der Theke, wandte sich zur Tür und ging hinaus.

„Also, das tut mir aber leid", sagte Faneca.

„Na, mir nicht", entgegnete Norma, „einen hübschen Abend hat mir der Herr bereitet."

Sie trank ihr Glas leer, und Faneca versuchte sich klar darüber zu werden, was dieser Katalanake für Norma wohl bedeutete: Sicherlich hatten sie gemeinsam zu Abend gegessen und anschließend irgendwo etwas getrunken und geredet, vielleicht bei Freunden, und danach hatte sie wohl noch Lust auf eine kleine Sause gehabt und gedacht, machen wir doch dem Murcianer mit dem grünen Auge und der samtschwarzen Augenklappe einen Überraschungsbesuch ... Und ihr Herr Dingsbums hatte den Braten gerochen und versucht, das zu verhindern, aber er hatte verloren.

„Was ich Ihnen aber nicht mitgebracht habe, ist dieses Fu-Man-Chu-Album. Es ist einfach nicht zu finden", sagte Norma. Sie deutete ein feucht schimmerndes Lächeln an und fuhr in verändertem Tonfall fort: „Vergessen Sie das, was soeben vorgefallen ist, es hat keine Bedeutung. Mein Leben ist voll von solchen Situationen ... Ich bin übrigens auch gekommen, um mich von Ihnen zu einem Gläschen einladen zu lassen", fügte sie hinzu und schwenkte ihr leeres Glas. „Versprochen ist versprochen."

„Jawoll, wird gemacht."

Alles verlief so, wie Marés und Faneca es vorhergesehen hatten, nur noch schneller und beinahe ausschließlich auf ihre Initiative hin: Sogleich hakte sie sich bei ihm ein und lachte viel und laut, als er behauptete, daß Marés sich in irgendeinem dunklen Hauseingang versteckt halte und ihr auflauere.

„Meinen Sie, er wär mir bis hierher gefolgt?" fragte Norma.

„Allerdings."

„Das ist unmöglich. Ich bin mit meinem Wagen gekommen. Sind Sie sicher, daß Sie ihn gesehen haben?"

„Ich könnt's beschwörn", beteuerte Faneca.

„Auch wenn er's war – was ich nicht glaube –, laß ich mir dadurch nicht den Abend verderben ... Die Augenklappe steht Ihnen aber verdammt gut, Sie alter Gauner!"

„Er wird kreuzunglücklich sein, der Ärmste", insistierte er nachdenklich.

Norma schüttelte die Eiswürfel in ihrem Glas, bevor sie einen Schluck trank, ohne den Blick von Faneca abzuwenden.

„Und was können wir schon daran ändern?" fragte sie langsam, mit einer trägen Sinnlichkeit in der Stimme. „Wir sind doch nicht schuld an seiner Situation, oder?"

Faneca sah auf ihren Mund.

„Mein ich auch. Vielleicht denkt er, wir würden ihm Hörner aufsetzen."

„Wer weiß", erwiderte Norma mit einem einladenden Lächeln, und dann wechselte sie plötzlich ins Katalanische über: „Und was denken Sie?"

„Steh Ihnen ganz zur Verfügung, Señora brauchen nur zu befehlen."

„So gefallen Sie mir. Haben Sie was zu trinken auf Ihrem Zimmer?"

„Ich hab 'ne ganze Flasche Tío Pepe."

„Also, worauf warten wir noch?"

Als sie die Kneipe verließen und die Straße überquerten, blieb sie einen Augenblick lang stehen, um das gespenstische Bild zu betrachten, das das Gewirr abschüssiger Straßen in dem schummrigen Laternenlicht bot.

„Das ist also euer Viertel", sagte sie. „Es gefällt mir."

Aus ihrer Stimme hörte er die frühere Erregung eines Mädchens aus gutem Hause heraus, eine wohlkontrollierte Sehnsucht nach der Vorstadt mit ihren Gefahren. Er lehnte sich an sie, so als müsse er sie vor der Nacht und ihren Gespenstern beschützen, und legte behutsam seinen Arm um ihre Taille, um sie zum Weitergehen aufzufordern. Doch Norma blieb stehen, faßte an seinen Hinterkopf und berührte mit ihren Fingern das Gummiband der Augenklappe. Nervös drehte sie ihren Kopf zu ihm. Als Faneca sich zu ihr umwandte, befand sich sein Mund dicht vor ihrem mit der heißen, zuckenden Zunge, und er schloß die Augen. Ihr unverwechselbarer Geruch berauschte ihn und raubte ihm die Sinne; er hatte das Gefühl, den Verstand zu verlieren, von irgendwoher stimuliert zu werden, Befehle zu erhalten. Einige Sekunden lang, die ihm wie eine Ewigkeit vorkamen, wußte er nicht, wer er war: Sein Kuß war ein Kuß von niemandem im Niemandsland, auf halbem Wege zwischen dem wahnsinnigen Verlangen von Marés und dem zeitweilig aufflackernden Bewußtsein Fanecas. Schließlich siegte das Verlangen, und während noch der Kuß auf der Straße andauerte, befürchtete Marés plötzlich, erkannt zu werden: In diesem Augenblick hatte er, vielleicht zum letzten Mal, das flüchtige Bewußtsein davon, wer er war und was er tat, ein liebeskranker Verrückter in der Maske eines anderen, jemand, der den Weg einer absurden Täuschung beschritten hatte, um seine Frau zurückzuerobern. Der lange Kuß hatte die Maske überlistet und erlöste für einen kurzen Moment den unglücklichen Straßenmusiker, der sich jetzt wehrlos und verwundbar fühlte und sich fragte, ob dieser Kuß ihn nicht verraten würde. In der Tat, war Normas teuflische Zunge, die sich wandt und seine Zunge suchte und in seinen Mund vordrang, die seine Zähne und sein Zahnfleisch erkundete, war diese Zunge nicht vielleicht in der Lage, den Mund, den sie einmal so gut gekannt hatte, wiederzuerkennen und so, mit Hilfe des Kusses, ihren Mann zu identifizieren?

Aber letztlich wurde er sich des anderen nur vorübergehend bewußt; es war das letzte Aufbäumen einer verstoßenen und aufgegebenen Persönlichkeit, und der falsche Murcianer gewann wieder die Oberhand, küßte mit seiner ihm eigenen übertriebenen Wildheit und erstickte so jegliche Furcht. Nach und nach beruhigte sich sein Puls, und Faneca spürte, daß es jetzt wieder *sein* Puls war. Fünf Minuten später waren die beiden in seinem Zimmer und wälzten sich im Dunkeln halbnackt auf dem Bett. Durch das offene Fenster warf die Straßenlaterne ihr unregelmäßig flackerndes Licht über sie, und bei jedem Aufflackern schien ihre Umarmung wie eingefroren. Norma nahm den hitzigen Kopf des *charnego* in beide Hände, während sie sich von ihm die Schenkel öffnen ließ. Durch ihre stürmischen Liebkosungen riß sie ihm beinahe die Perücke vom Kopf und war nahe daran, die Maske und die Täuschung zu entlarven. Bis Faneca die Situation wieder in den Griff bekam, stand er Höllenqualen aus. Eine Kotelette war abgerissen, und er konnte sie erst nach einer Weile in Normas Schamhaaren wiederfinden. Auch die schwarze Augenklappe war gefährdet, und einige Male hatte er sie im Mund. All das trug dazu bei, daß seine Erektion lange auf sich warten ließ, was Norma genug Zeit ließ, einen noch höheren Grad der Erregung zu erreichen. Als er sich endlich sicher fühlte, warf er sich auf den Rücken und ließ sie auf seinem Geschlecht reiten, ohne sie zu berühren, da ihre Hände ineinander verschlungen waren. Als Norma kurz vor dem Höhepunkt war, warf sie ihren Kopf zurück und murmelte wirres Zeug auf katalanisch. Die erste Orgasmuswelle überraschte sie beide, und auf dem Höhepunkt der Ekstase rief der Murcianer: „Kaufe Kaniiiiiiiinchenfeeeeeeellle!", was die Soziolinguistin in größte Verwirrung stürzte.

Kann ein Körper die Erinnerung an einen anderen Körper bewahren, an sein Verhalten im Bett, an seine Hingabe und Freizügigkeit, an seine exzessiven Talente oder seine Mängel? Früher einmal hatte Marés, wenn er sich diesen Moment vorstellte, die Möglichkeit ins Auge gefaßt, daß Norma seinen Körper sogar im Dunkeln wiedererkennen könne: durch die bloße Berührung, durch seine besondere Art und Weise, sie zu umarmen, durch sein Tempo und seinen Rhythmus beim Liebesspiel, durch seine Art, Lust zu empfinden ... In der Stunde der Wahrheit – oder besser gesagt: der Lüge – kam Faneca jedoch gar nicht dazu, sich diese Frage zu stellen: Sein Bewußtsein konnte nichts befürchten, da nichts oder fast nichts von Normas verstoßenem Ehemann in ihm zurückgeblieben war.

Ansonsten ging alles so schnell, daß er gar nicht zum Nachdenken kam. Während er sein Äußeres wieder in Ordnung brachte, saß Norma völlig erschöpft auf der Bettkante und machte einen geschäftigen, etwas schlechtgelaunten Eindruck, anscheinend böse auf sich selbst. Der seltsame Schlachtruf des Murcianers hatte sie nicht nur verwirrt; er hatte in ihr eine irrationale, lähmende Urangst hervorgerufen. Sie wollte nicht, daß er das Licht der Nachttischlampe anknipste, und mit Hilfe ihres Handspiegels zog sie sich im flackernden Laternenlicht die Lippen nach und kämmte sich, kleidete sich an und setzte die Brille auf. Lächelnd bemerkte sie, wie spät es sei, was alles andere als überzeugend klang, und stehend, eine Hand auf die Türklinke gestützt, trank sie in einem Zug das Glas Wein leer, das er ihr anbot. Wie lecker, sagte sie, als sie ihm das Glas zurückgab, und öffnete die Tür. Faneca lächelte ihr schüchtern zu, aber er unternahm nichts, um sie zurückzuhalten, und ging leise hinter ihr die Treppe hinunter, bemüht, keinen Lärm zu machen.

Das Licht des Fernsehers flimmerte im Halbdunkel des Zimmers hinter der Rezeption, und man hörte die dumpfen Stimmen des Films und auch Carmens Stimme, die fragte, was jetzt passiere, was Alicia gerade mache. Niemand antwortete ihr. Faneca ergriff behutsam Normas Ellbogen und begleitete sie hinaus. Ihn verlangte es danach, die Frau von Marés in ihren Wagen zu setzen und zu dem blinden Mädchen zurückzukehren.

Die offenen Fenster spien allesamt dasselbe Fernsehprogramm auf die Straße, dieselbe Stimme, dasselbe Lachen – falsch, synchronisiert – von Ingrid Bergman. Sie verabschiedeten sich neben Normas Wagen, und als sie die Handbremse löste, sah sie sich mit einem müden Lächeln zu ihm um. Doch der Murcianer hatte ihr schon den Rücken zugekehrt und überquerte wieder die Straße in Richtung Pension.

18

Jetzt, da alles vorüber war, verspürte Faneca ein Gefühl der Erleichterung und der Schuld. Warum hatte er sich auf das langwierige und etwas enttäuschende Abenteuer eingelassen? Was war so besonders an dieser Frau, mit ihren achtunddreißig Jahren, einer Beamtin der *Generalitat*, getrennt lebend und mit einem anderen Mann liiert, einem einsprachigen, eifersüchtigen Katalanen? Was hatte er, Faneca, mit diesen Leuten zu schaffen?

Als er gerade die Pension betreten wollte, bewegte sich rechts von ihm ein Schatten in der Dunkelheit, und er hörte ein erbärmliches Husten und wiederholtes Ausspucken, wie von jemandem, der sich soeben erbrochen hat. Im Dunkeln erkannte er die weite Flanellhose und den ungekämmten, an die Hauswand gelehnten Kopf. Es sah aus, als würde die Gestalt jeden Augenblick zu Boden stürzen. Auch jetzt fiel das Licht nicht auf das Gesicht des Mannes, aber Faneca glaubte seine gebeugten Schultern zu erkennen.

„Bist du immer noch hier?" sagte er mit trauriger Stimme zu ihm. „Worauf wartest du, mein armer Freund?"

Der Betrunkene mußte aufstoßen, und sein Rükken bäumte sich auf.

„Scheißkerl", zischte er.

„Hau ab, es ist alles vorbei“, sagte Faneca. „Laß dir’s gesagt sein.“

„Egggrrr ...“

Der Schatten taumelte vorwärts und schien etwas sagen zu wollen, spuckte dann aber nur auf den Boden.

„Warum quälst du dich so, Marés?“ jammerte Faneca. „Du richtest dich selbst zugrunde. Geh nach Hause, los, hau ab!“

„Wichser ... Scheißkerl“, zischte der andere wieder mit heiserer Stimme.

„Du tust mir leid, mein Junge. Schrecklich leid tust du mir!“

„Egggrrr ...“

Der Mann ballte die Fäuste in den Hosentaschen, schwankte, drehte sich um und verlor sich in der Dunkelheit, während noch sein besoffenes Lallen zu hören war.

Faneca sah ihm mit Tränen in den Augen nach, eine Hand gegen die Hauswand gestützt. Als der andere verschwunden war, legte er seine Stirn auf den Arm und dachte eine Weile über das traurige Schicksal seines Freundes nach. Dann flüchtete er sich in die Pension.

19

„Und sie, was macht sie, Señor Faneca?“ fragte Carmen. „Wo ist sie jetzt?“

Hinter dem Mädchen im Schaukelstuhl stehend, die Hände auf der Rückenlehne, sah er sich mit seinem einzigen, grün getarnten Auge für sie beide den Film an. Der Raum war in silbriges Licht getaucht, und in den aschgrauen Augen Carmens nistete sich der bunte Traum ein, der in Schwarzweiß über den Bildschirm flimmerte. Señor Tomás war friedlich in seinem Sessel eingeschlafen.

„Jetzt geht Alicia zu ihrem Frisiertisch“, erzählte Faneca mit sanfter, eindringlicher Stimme, aus der er soweit wie möglich den südlichen Akzent verbannte. „Sie sieht in den Spiegel, und dann betrachtet sie den Schlüsselbund ihres Mannes, an dem der Schlüssel hängt, den sie an sich nehmen muß, ohne daß er's merkt... Sie trägt ein traumhaftes Abendkleid, schwarz, schulterfrei. Wie hübsch sie aussieht, was für eine faszinierende, wundervolle Frau! Der Schatten ihres Mannes Alex fällt durch die Tür des Badezimmers, wo er sich gerade zu Ende kämmt... Jetzt bemerkt Alicia seinen Schatten, sieht wieder auf die Schlüssel, ängstlich. Was sie vorhat, ist äußerst riskant! Jedesmal, wenn der Schatten sich von der Tür entfernt, nähert sich Alicias Hand dem Schlüsselbund … Doch Alex' Stimme schreckt sie auf, sie zieht ihre Hand wieder zurück, tut so, als wär nichts, und bringt ihre Frisur vor dem Spiegel in Ordnung …"

„Mir wäre es lieber, wenn Señor Devlin heute abend nicht käme", sagt Alex im Badezimmer. „Ich kann es niemandem verübeln, wenn er sich in dich verliebt, aber es wäre besser, wenn wir jeden falschen Eindruck vermeiden könnten. Verstehst du, Liebling?"

„Ja, ja, ich verstehe."

„Jetzt hat sie endlich den Schlüsselbund in der Hand", erzählte Faneca, „und versucht, den wichtigen Schlüssel abzumachen … Ihre Hände zittern …"

„Ich bin gleich bei dir, Liebling", sagt Alex im Badezimmer.

„Ihr Mann Alex Sebastian ist klein, hat ein ausdrucksvolles Gesicht und ein liebenswürdiges Lächeln. Er sieht sehr elegant aus in seinem Smoking …"

„Und was passiert jetzt?" fragte Carmen.

„Jetzt beeilt sich Alicia, den Schlüsselbund ihres Mannes wieder an seinen Platz zurückzulegen, und sie hält den Schlüssel, den sie abgemacht hat, in der Hand. Es ist der Schlüssel für den Weinkeller, um den Devlin sie gebeten hat … Alex ist immer noch im Badezimmer und hat nichts gesehen … Aber beinahe hätte er sie erwischt, denn in diesem Augenblick kommt er heraus und geht mit ausgebreiteten Armen auf sie zu!"

„Liebling, du siehst wundervoll aus!"

„Und jetzt nimmt er ihre beiden Hände!“ fuhr Faneca fort. „Ein gefährlicher Moment! Du erinnerst dich, Kleine, Alicias linke Hand ist geschlossen, weil sich darin der wichtige Schlüssel befindet. Aber ihr Mann scheint nichts zu merken, er ist ganz entzückt vom Anblick der schönen Alicia.“

Carmen spürte die wohltuenden, schützenden Hände von Señor Faneca auf ihren Schultern und hörte seine vertraute Stimme dicht an ihrem Ohr:

„Nein, was für eine heikle Situation! Und wenn er jetzt den Schlüssel in ihrer Hand entdeckt ...?“

„Meine Geliebte“, sagt Alex, „nicht daß ich dir nicht vertrauen würde! Aber wenn ein Mann meines Alters sich verliebt, dann ist jeder, der seine Frau ansieht, eine Bedrohung ... Verzeihst du mir, was ich gesagt habe? Es tut mir sehr leid, entschuldige!“

„Und jetzt nähern sich seine Lippen der geschlossenen Faust von Alicia, er öffnet sie langsam und küßt zärtlich die Innenfläche ihrer Hand. Zum Glück ist es die rechte Hand ... Angst spiegelt sich auf Alicias Gesicht wider: Ihre linke Faust, in der sie den Schlüssel hält, wird von der anderen Hand ihres Mannes umschlossen. Und wenn er nun diese Hand öffnet, um sie zu küssen, so wie er soeben die andere geküßt hat ...?“

„Um Gottes willen!“ rief Carmen und tastete mit ihrer Hand nach der von Señor Faneca auf ihrer Schulter.

„Alex will Alicias Faust öffnen ... Sie hat panische Angst, befürchtet das Schlimmste. Jetzt wird er sie gleich entlarven … Da löst sie ihre Hände aus der Umklammerung und schlingt die Arme um den Hals ihres Mannes, drückt ihn mit gespielter Leidenschaft, läßt sich von ihm auf den Mund küssen! In letzter Sekunde hat sie die Situation gerettet! Während sie sich küssen, läßt sie den Schlüssel auf den Teppich fallen und schiebt ihn heimlich mit dem Fuß unter den Sessel. Die Gefahr ist vorüber …“

Das Mädchen seufzte erleichtert auf und drückte die Hand auf ihrer Schulter, und der falsche Murcianer entschied über seine Zukunft: Verwirrt, desorientiert, zum *charnego* geworden und glücklich, würde er hierbleiben und das einsame Herz einer Blinden erfreuen, indem er ihr und sich selbst eine Welt aus Licht und Schatten, eine freundlichere Welt als diese, erschließen würde.

Das Mädchen hielt seine Hand und ließ sie nicht eher los, als daß der Film zu Ende war, bis er das Wort „Ende“ aussprach.

20

Joan Marés wurde nach acht Monaten für vermißt erklärt. Niemand interessierte sich dafür, wo er war oder was ihm zugestoßen sein konnte, und sein Fall wurde zu den Akten gelegt.

Drei Jahre später, im Sommer 1989, wechselte der Torero mit der Maske zur Plaza de la Sagrada Familia über, wo er jeden Morgen vor der Säulenhalle der unvollendeten Kirche für die Passanten und die Touristen auf seinem Akkordeon *Sardanas* spielte. An den ersten Tagen war er Gegenstand des Spottes, aber er blieb unerschütterlich dort stehen, und bald war seine hochgewachsene kräftige Gestalt jedermann vertraut. Im Kontrast zu der trügerischen Kulisse der neuen Fassade mit der Leidensgeschichte Christi, einer erbärmlichen Phantasmagorie aus leblosem Stein, stand der falsche *charnego*, lebendig und authentisch in seinem grüngoldenen Torerokostüm und mit seinem sentimentalen Akkordeon. Sein Stil war reiner geworden, er beherrschte ein endloses Repertoire aus *Sardanas* und katalanischen Volksliedern. Unter der Gesichtsmaske verdeckte die Klappe aus schwarzem Samt nach wie vor sein rechtes Auge, die halbe Sicht auf eine Welt, der er nicht mehr angehörte und von der er sich immer mehr fernhielt.

An einem strahlenden Sonntag in jenem Sommer,

als der Torero mit der Maske, in der Sonne glitzernd wie eine smaragdgrüne Flamme, Akkordeon spielte, umringt von erstaunten Japanern, von Tauben und Kindern, näherte sich ein kleiner, glatzköpfiger Mann, die Hände auf dem Rücken verschränkt und ein sparsames, selbstzufriedenes, aber nicht feindseliges Lächeln auf den Lippen. Nachdem er sich ihn eine Weile aus der Nähe angesehen hatte, sagte er auf katalanisch zu ihm:

„*Escolti, perdoni*. Worüber machen Sie sich lustig?"

Faneca sah den Mann aufmerksam und angestrengt an, wobei er sein eines Auge zukniff, so als habe er Mühe, ihn zu erkennen, oder als sei er geblendet. Mit tiefer Stimme setzte er zu einer Antwort an. Das Bewußtsein des Bauchredners löste sich auf, die Sprache des Akrobaten ebenfalls, doch die erfundene Person blieb standhaft und hörte für einen Moment auf zu spielen, um zu antworten, ohne Hoffnung und ohne Erbitterung:

„Tja wissen Se, ärs ma lach ich mich über mich selbs kaputt un dann über alle andern un über allet, *i així*, soviel Se wolln, weil wir katalanischen Toreros wolln nämlich katalanische Stiere, sachich Ihnen, unsereins macht bei 'm Großen Zauberer mit wenn se einn lassn un ich tu wattich kann, ob mit 'ner Katalanenmütze oder mit 'ner Torero-Kappe iss mir egal, weil ich bin nämlich für 'ne gute Mischung, Señor, 'ne *barreja* und 'n Gespritzten, na ja, *s'acabat*, genuch, Schluß mittem Gequatsche, nu werfen Se schon watt rein, verdammt, sein Se nich so'n alten Geizkragen, ’n paar Pesetas, Scheiße noch ma, so isset gut, *cony*, un nu gehn Se mit Gott un machen Se’t gut, *Senyor* …“

Inhaltsverzeichnis

ZWEITER TEIL